母の国から来た殺人者

西村京太郎

集英社文庫

目次

母の国から来た殺人者

第一章　母を恋うる唄

1

五月六日の夜、六本木(ろっぽんぎ)の十八階建ての雑居ビル、その十七階にあるカラオケクラブで、五人の男女が、楽しんでいた。

五人の中に、ひとりだけ中年の男がいて、彼は、高価なシャンパンやワインを、ほかの若い四人に奢(おご)っていたが、いちばん楽しんでいたのは、彼かもしれない。

男の名前は、井ノ口博也(いのぐちひろや)、六十歳。R製薬の社長である。また、この雑居ビルの実質的な、オーナーでもあった。

最上階の十八階には、井ノ口がよく行くバーもあった。

井ノ口は、その最上階のバーで、お気に入りの女性秘書や部下の営業課長補佐と三人で、飲んでいたのだが、急に歌が歌いたくなって、その場にいた若い女性二人も誘って、五人で、一階下のカラオケクラブに、やって来たのである。

この不景気にもかかわらず、R製薬は、今年も好調な営業成績を残すことができたので、社長の井ノ口は、すこぶるご機嫌だった。

高価なシャンパン、ドンペリや、高いワインなどを、何本も惜しげもなくオーダーして、若い四人に奢っているので、みんなご機嫌だった。

交代で、歌っているうちに、少しずつ、みんなに酔いが、回ってくる。

社長の遠縁で、営業第一課の課長補佐をやっている及川雅之（おいかわまさゆき）が、

「最後に、井ノ口社長に、歌っていただいて、そろそろ、お開きにしましょう」

と、いうと、井ノ口社長は、マイクを持って、お得意の「川の流れのように」を、気持ちよさそうに歌った。

終始、井ノ口はご機嫌で、最後の歌を歌い終わると、

「いや、今日は、本当に、楽しかったよ。ありがとう」

飲み残していたシャンパンのグラスを手に取ると、一気に口に流し込んだ。

次の瞬間、井ノ口は、悲鳴を上げ、手に持ったグラスを、投げつけると、身体（からだ）をけいれんさせ、どさっと、床に倒れてしまった。

口から血が流れ出ている。

女性秘書の速水亜紀（はやみずあき）が、

「社長、どうしたんですか？　大丈夫ですか？　及川さん、早く、救急車を呼んでください！」

と、大声で、叫んだ。

及川が、自分の携帯電話を使って一一九番した。

2

五分後に救急車がやって来たが、二人の救急隊員は、床に倒れている井ノ口の脈を見、それから心臓の鼓動を調べて、小さく首を横に振った。

こうなると、今度は一一〇番である。

こちらのほうは、十二、三分ほどしてから、捜査一課の刑事たちがやって来た。

二人の救急隊員が、病死ではなく、殺人の可能性が強いといったので、鑑識もやって来て、まず現場の写真を撮り、検視官が、すでに死体となっている井ノ口社長の体を調べ始めた。

その結果、死因は、青酸中毒死と分かった。

捜査一課からやって来た十津川（とつがわ）警部が、その場にいた男女に向かって、

「カラオケを楽しんでいらっしゃったのは、これで全員ですか？」

社長秘書の速水亜紀が、みんなの顔を見回してから、

「ひとりいなくなっているんですか？」

「ひとりいません」

十津川の声が、自然に大きくなる。

「突然、社長が倒れてしまったので、救急車を呼んだりして騒いでいるうちに、ひとり、いなくなってしまったんです」

「何人で、ここで、カラオケをやっていたのですか？」

亀井刑事が、聞く。

「この一階上の十八階に、バーがあるんです。そこで、飲んでいたところ、井ノ口社長が、みんなで、カラオケに行こうといいだして、その場にいた人たちも誘って、全部で、五人がここに来て、カラオケを、始めたんです」

と、速水亜紀が、答える。

「では、皆さんのお名前を、お聞きしましょうか？」

十津川が促して、まず、社長秘書の速水亜紀から、名前と現在の仕事を、刑事に申告していった。

亡くなったR製薬社長の、井ノ口博也、六十歳。

その秘書の速水亜紀、三十歳。

井ノ口社長の遠縁で、営業第一課の課長補佐をやっている及川雅之、三十五歳。

赤坂で美容整形の医者をやっている、今井優花、三十三歳。

今、この場にいるのは、この四人である。

十津川が、騒ぎに紛れて、姿を消してしまったという五人目の女性について、聞くと、

「私には、名前は、『みどり』だといっていましたが、苗字は、名乗りませんでした」

美容クリニックの女医、今井優花が、十津川に答えた。

「それでは一応、みどりという名前にしておきましょう。ほかの方は、彼女を、前から、知っていたんですか？」

「いえ、私は、今日初めて会ったんですよ。たまたま、この上の、十八階のバーで、彼女が、ひとりで、飲んでいたので、私が、一緒に飲まないかと、誘ったんです。その後、亡くなった、井ノ口社長から誘われたので、このカラオケクラブに、彼女と、一緒に来たんです」

また、社長秘書の速水亜紀も、課長補佐の及川雅之も、問題の女性とは、上のバーで初めて会ったと証言した。

年齢は二十四、五歳。これも、三人の意見が一致した。

「ほかに、このみどりという女性について、分かっていることは、ありませんか？」

十津川が、聞くと、女医の今井優花が、ちょっと考えてから、

「そういえば、女優の神木百合さんに似ていましたわ」

十津川は、ほかの二人にも、聞いてみたが、自分たちは、女優の神木百合を、よく知らないので、似ているかどうかは、わからないという。

「本当に、女優の神木百合に、似ているんですか?」

十津川は、今井優花に、念を押した。

「ええ、かなり似ていましたよ」

「どうして、そう、自信を持っていえるんですか?」

「ウチのクリニックは、赤坂にあるんですけど、女優さんや、歌手の人なんかが、よくいらっしゃるんです。ウチの専門は美容整形ですから、ホクロを、取ってほしいとか、目を二重にしてほしいとか、そういうことで、いらっしゃるのですが、神木百合さんも、実は二回ほど、ウチに、いらっしゃいました。ですから、私は、彼女のことをよく知っているんです」

このみどりの、身長、体重、それから、服装などについても、三人に聞いた。

三人の証言によると、身長は百六十五センチぐらい、体重は四十五、六キロ。そのほか、着ている物と、ハンドバッグ、靴は、全てシャネルだったと、これは、今井優花が、いった。

この点については、速水亜紀も、同意した。

「つまり、ブランド物で、身を固めていた。よくいわれるシャネラーのような女性ということですか？」

「たしかに、ドレスもバッグも靴も、全部シャネルでしたけど、それが、身についているかどうかは疑問ですわ。何となく、ぎこちないなと思いましたから」

そういったのは、今井優花だった。

彼女自身は、赤坂のクリニックで、美容整形をやっている医者らしく、身につけている物も、シャネルではなかったが、ブランド物だった。

井ノ口博也の遺体は、司法解剖のために、運ばれていった。

「社長は、殺されたんでしょうか？」

秘書の速水亜紀が、青ざめた表情で、十津川に、聞いた。

「井ノ口社長が、自殺する可能性は、考えられますか？」

逆に、十津川が、速水亜紀と及川雅之に、聞いた。

「井ノ口社長が、自殺するなんて、全く考えられません。何しろ、会社の営業成績は、毎年伸びていますし、社長は、今年還暦ですけど、いつも元気いっぱいで、持病もないんです。そんな社長が、自殺するはずはありませんわ」

と、亜紀が、いい、営業課長補佐の及川も、亜紀の意見に、賛成した。

「それならば、間違いなく、これは、殺人と見ていいでしょう」

十津川が、いった。

殺しの方法も、はっきりしている。全員がカラオケで、盛り上がっている時、犯人は、井ノ口社長のグラスに、青酸カリを落としておいたのだ。

井ノ口社長は、それには、気づかず、歌い終わると、飲み残していたシャンパンを、一気に飲んだ。そのため、たちまち、青酸中毒で亡くなってしまった。

誰が考えても、こういうことに、なってくる。

十津川は、そのことに、かえって、首を傾(かし)げてしまった。

「もう一度、お聞きしますが、姿を消したみどりという女性ですが、皆さんは、彼女と今日初めて、上の階のバーで、会ったわけですか？」

改めて、三人に、聞いてみた。

三人とも、間違いなく、今日初めてバーで見かけ、井ノ口社長が誘って、この十七階のカラオケクラブに来て、一緒に歌を歌ったと証言した。

もし、いなくなったみどりという女性が犯人だとすれば、彼女は、いつも、青酸カリを持ち歩いているのだろうか？

また、井ノ口社長が、殺されたのは、全くの偶然なのだろうか？

それとも、犯人は、初めから、井ノ口社長を狙って、カラオケの最中に、社長のグラスに、用意していた青酸カリを、混入させたのだろうか？

ほかに考えられるのは、今日、カラオケクラブで歌っていた四人の誰を殺しても、構わなかったということで、いわゆる、無差別殺人なのか。あるいは、快楽殺人なのか。

鑑識が、殺された井ノ口社長を含めて、四人全員の指紋を、採取し、クラブの部屋や、井ノ口社長が触ったシャンパンやワインの瓶、グラスの指紋も採り、カラオケのマイクについた指紋も、同じように、採取していった。

「みどりという女性ですが、カラオケで歌った時、手袋をしないで、素手で、マイクを持っていましたか？」

十津川が、聞いた。

「もちろん、この陽気ですから、誰も、手袋なんてしていませんよ。皆さん、素手でマイクを握って、一生懸命歌ったんです。みどりさんも、同じですわ」

今井優花が、はっきりと、いう。

だとすれば、消えたみどりという女性の指紋も、マイクや、カラオケルームのドア、飲んでいたシャンパンの、グラスなどについているはずである。もし、前科があれば、すぐ、身元が判明するだろう。

まだ、みどりというのが、本名かどうか分からないが、たぶん、偽名だろうと、十津川は、考えていた。最初から、井ノ口社長を狙っていたとすれば、本名を、名乗るはずはないからである。

「ほかに、みどりという女性について、何か覚えていることは、ありませんか？　どんな小さなことでも構いません。あれば、話してください」

十津川は、三人の顔を、見回した。

速水亜紀が、

「胸に、白いカーネーションを、挿していましたわ」

「白いカーネーションですか？」

「ええ、そうですよ。今日は、五月六日ですから」

と、亜紀が、いう。

とっさに、十津川には、その意味が、分からずに、

「白いカーネーションと、五月六日が、どうかしたんですか？」

「もうすぐ母の日ですよ」

今井優花が、小声で、十津川に教えた。

「そうか、母の日か」

と、十津川が、いうと、

「そうなんですよ」

亜紀が、もう少し詳しく、説明してくれた。

「五月の第二日曜日が、母の日なんです。今年は、五月九日が、母の日で、今日は六日

ですから、あと三日で、母の日ということになります。母親のいる人は、赤いカーネーションを、母親がいない人は、白いカーネーションを、つけることになっていますから、私も、明日は、赤いカーネーションをつけようと思っています」

「ほかに、みどりについて、何か、覚えている方はいらっしゃいませんか？」

　十津川が、重ねて聞いた。

「どんなことでもいいんでしょうか？」

　今井優花が、聞く。

「ええ、もちろん。何かあれば、ぜひ、話してください」

「カラオケで、みんなで、盛り上がってワイワイ歌っているうちに、ちょっと、だらけてきた時間が、あったんですよ。そこで、みどりさんが、胸に、白いカーネーションをつけていたので、彼女に歌わせようと思って、『母を恋うる唄』を、リクエストしたんです。演歌なんですけど、彼女が、すでに母を亡くしていて、その母を想って、歌うのではないか？　そう思いましてね。その歌の前奏が始まった時に、私は彼女に向かって、歌ってくださいと、いって、マイクを渡したんです」

「それで、みどりは、その『母を恋うる唄』を、歌ったのですか？」

「最初は遠慮していたのですが、強引に歌わせましたよ。あまり、自信はなかったみたいでしたけどね。この歌は、三番まであるんですけど、その最後のところが『母恋し、その涙』とか、『母恋し、私の命』というようなセリフになっているんです。ところが、彼女は、なぜか『ははこいし』というところを『ぼこいし』と歌ったんですよ」

「『ぼこいし』ですか？」

「ええ、そうなんですよ。たしかに、母という字は、『はは』とも『ぼ』とも読みますけど、『ははこいし』を、まさか『ぼこいし』なんて、歌う人は、いないじゃないですか？　それで、ビックリしてしまって、彼女を見ていたら、三番になって、やっと気づいたらしくて、三番の最後のところだけは、ちゃんと『ははこいし』と、歌いました」

十津川は、そこにあった、カラオケの機械を使って、今井優花がいった『母を恋うる唄』を、画面に、出してみることにした。

三番まである歌で、一番、二番、三番のそれぞれの、最後のセリフが、「母恋し、幾とせ」とか、「母恋し、その涙」、あるいは、「母恋し、私の命」といった歌詞になっている。

たしかに、母という字は、「ぼ」とも読めるが、しかし、「母恋し」を「ぼこいし」とは、誰も読まないだろう。普通なら、素直に「ははこいし」と読むはずである。

「これを、みどりは、『ははこいし』ではなくて、『ぼこいし』と歌ったんですね？」

十津川が、念を押した。どう考えても、普通では、ちょっと、考えにくいことだった。

「ええ、一番、二番とも『ははこいし』ではなくて、『ぼこいし』と歌ったので、私は、ビックリしてしまったのです」

「みどりですが、『ぼこいし』と歌った後、しまったという顔をしていましたか？　間違えたという顔を、していましたか？」

「彼女、一番、二番とも、平気な顔をして『ははこいし』ではなくて、『ぼこいし』と歌ったんですけど、私が、アレッという顔をしていたので、それで、気がついて、三番は『ははこいし』と歌ったんです」

今井優花が、いった。

たしかに、少しばかり、不思議な、読み方である。

十津川自身、漢字について、特に二文字、三文字、あるいは、四文字の熟語などを、間違えて覚えていて、それをずっと間違えたままで使っていたことがある。間違えている時は、そう読むものと、思い込んでしまっているのである。

みどりの場合も、それと、同じなのかもしれない。たしかに、「ははこいし」を「ぼこいし」と歌うのは、普通に考えればおかしいが、彼女自身、ずっと、そう思い込んでいたとすれば、間違って歌ったという感覚がないだろうから、平気で、この『母を恋うる唄』という演歌を歌う時、「ぼこいし」と歌っていたのかもしれない。

ただ、そうした思い違いが、今回の事件解決の糸口になるとも、十津川には、思えなかった。

最後に、十津川は、そこにいた三人の男女に、協力してもらって、行方不明になった、あるいは、失踪したみどりの似顔絵を、作ることにした。

今井優花は、女優の神木百合に似ていたといったが、ほかの二人は、よく分からないといっている。そう考えると、今井優花のひとり合点かもしれないので、神木百合という女優のことは、念頭におかずに、似顔絵を作ることにした。

似顔絵の得意な刑事が、呼ばれ、三人の話を聞きながら、みどりの似顔絵を、作っていった。

一時間ほどすると、似顔絵が完成した。その似顔絵に、十津川は、三人から聞いたみどりの特徴を、書き添えることにした。

身長百六十五センチ、体重四十五、六キロ、白のシャネルの、ハンドバッグを持ち、白と黒のツートンのシャネルのハイヒールを、履いている。ドレスはツーピースで、ひと目でシャネルと分かる白と黒、それに、金色が混ざったデザインになっていた。

最後に、カラオケで『母を恋うる唄』を歌った時、なぜか彼女は、「ははこいし」を「ぼこいし」と読んだ。そのことも、一応、付け加えた。

3

翌五月七日、カラオケクラブのマイクから、鑑識が採取した指紋の中に、予想通り、失踪した、みどりのものと思われる指紋も、あったことが分かった。

指紋が、すぐ、警察庁にある前科者カードと照合されたが、同じ指紋は見つからなかった。前科はなかったのだ。

赤坂警察署に、捜査本部が設けられた。

今のところ、最も有力な容疑者は、姿を消してしまった、みどりである。

しかし、ほかの三人、速水亜紀、及川雅之、今井優花、この三人のひとりが、犯人であることも、十分に、考えられた。

逆にいえば、被害者、井ノ口社長の秘書を、三年半にわたって、務めてきた速水亜紀のほうが、犯人になる可能性が、強いということも、考えられるのだ。

亡くなった井ノ口社長は、今年還暦の六十歳だが、病気らしい病気を一つもせず、元気だったといわれている。それに、二年前、三十年間連れ添った、奥さんを亡くしている。

だとすれば、自分の秘書で、なかなか、魅力のある速水亜紀に、手を出していたかもしれない。

そうだとすれば、速水亜紀が、そのことを、屈辱と感じ、青酸カリを用意して、カラオケに夢中になっている、井ノ口社長のグラスに、投入したとしても、おかしくはない。

井ノ口社長とは、遠い親戚で、現在、R製薬の営業部で、課長補佐をやっている及川雅之にしても、井ノ口社長を殺す理由が、全くないということはないのである。自分は、井ノ口社長の親戚なので、R製薬の中では、出世コースを歩けるものと思い込んでいたが、井ノ口の態度は、冷たかった。それどころか、私用に、こき使われた。それを恨んでの犯行ということだって、決して考えられないことはないのである。

美容整形の女医である今井優花については、今のところ、井ノ口社長との接点は、全く、見つからない。

十津川が考えた捜査方針は、簡単だった。

殺された井ノ口博也が、いったい、どんな男だったのかを、まず調べること。

同じように、秘書の速水亜紀、親戚で同じR製薬に勤めている及川雅之についても、調べ、美容整形クリニックの女医、今井優花についても、井ノ口社長との関係を、調べていくこと。

そして最後には、どさくさに紛れて、姿を消してしまったみどりについて、身元を明らかにし、行方を追うこと。

これが、今後の捜査方針だった。

まず、被害者の井ノ口博也である。

Ｒ製薬の創業者は、井ノ口の父親だが、井ノ口の代になって、会社は急成長した。

井ノ口の代になって、急速に会社の業績がよくなっていったのは、彼が、大学時代の同窓生である代議士の川口光一郎（かわぐちこういちろう）と親しく、川口の後援会の会長をやったり、選挙資金を用意したりしていたのだが、その川口光一郎が、厚生労働大臣になってからである。

ガンの進行を止める薬の開発は、何社もの製薬会社が、競争しているが、川口光一郎は、露骨に、井ノ口が社長をやっている、Ｒ製薬の薬の認可を早くした。

また、アメリカや、ヨーロッパで発見された糖尿病の特効薬の販売を、Ｒ製薬だけに、許可したりもした。

そのせいで、Ｒ製薬は、驚くほどのスピードで、利益を上げていったのである。

こうした井ノ口社長のやり方や、また、川口厚労大臣、あるいは、厚生労働省幹部との癒着ぶりについては、週刊誌に、いろいろと書き立てられたりもした。ここに来て、井ノ口社長のやり方を、批判する声が、大きくなっていたことも、事実である。

二番目は、井ノ口社長の秘書、速水亜紀、三十歳である。

速水亜紀が、井ノ口社長の秘書になったのは、三年半前、二十七歳の時である。

亜紀は美人で、しかも、頭もいい。秘書として有能であることは、彼女を知る誰もが口にした。

問題は、井ノ口社長との、関係である。

去年の一月、井ノ口社長は、すでに、妻を亡くしていて、独身だった。

彼の別荘は、箱根と軽井沢にある。その箱根の別荘から、速水亜紀が、井ノ口に送られて出てくるのを目撃したという男が、出てきたのである。

速水亜紀は、現在三十歳である。二十七歳の時に、井ノ口社長の秘書になったのだが、その前、二十代前半の時に、亜紀は、モデルを、やっていたことがある。

その頃、アメリカで開発された、糖尿病の特効薬があった。それを、一手に引き受けて、日本で唯一、製造を始めたのがR製薬である。

その裏には、厚生労働大臣の川口とか、あるいは、厚生労働省の技官などの、暗躍があったといわれている。R製薬が、独占して製造し、販売したから、社長の井ノ口にしても会社にしても、これ以上のプラスはなかった。

R製薬では、その糖尿病の特効薬を、販売する時に放映したテレビコマーシャルに、当時モデルだった速水亜紀を、起用した。その時の速水亜紀のことが、よほど気に入ったと見えて、井ノ口は、彼女を自分の秘書にしてしまったのである。

三番目の及川雅之は、亡くなった井ノ口社長の妻のほうの、親戚である。

亡くなった妻は、及川雅之を強引に、夫の井ノ口に、推薦したらしい。そのお陰で、及川は二十九歳で、営業第一課の課長補佐になった。

しかし、後ろ盾になってくれていた、社長の妻が亡くなると同時に、及川の出世も、ピタリと止まってしまった。

最近、及川は、周囲の人たちに、現在の自分の立場を、嘆いてみせることが多くなったという。自分と一緒にR製薬に入った同期の友だちと比べて、最初のうちこそ、及川のほうの出世が、早かったのだが、ここに来て、その同期の友だちに、あっさりと抜かれてしまい、同じ歳なのに、及川雅之は、課長補佐のままである。

それに対して、友だちのほうは、すでに、課長になってしまっている。

「自分は、社長に憎まれているから、あの会社にいる限り、出世の望みは全くない」

そんな愚痴を口にするようになったと、十津川は、聞いた。

とすれば、自分に冷たい、井ノ口社長を恨んで、青酸カリを、常に持ち歩き、チャンスがあれば、井ノ口社長を、殺そうと考えていたとしても、おかしくはない。及川にしてみれば、最初のうちは、特別に、あれこれ、面倒を見てくれていたのにと、思うと、なおさら、現在の井ノ口社長の態度が気に食わなかったのではないか？

四番目は、今井優花である。

赤坂周辺を調べてみると、今井優花が、赤坂の雑居ビルの中に、小さな診療所を作っていて、内密に女優や歌手、タレントなどの、美容整形を引き受けていることが分かった。

美容整形は、保険が利かないから、全て、患者負担なのだが、優花の腕がよく、その上、絶対に、秘密を守ってくれるというので、かなり有名な女優やタレントなども、今井クリニックを、訪ねているというのは、事実らしい。

女優の神木百合が、今井クリニックに、何度か通っていることも分かった。

もちろん、これだけでは、今井優花が、井ノ口社長殺害の容疑者とはなり得ない。

そこで、井ノ口社長との関係だけに絞って、今井優花の周辺を、洗っていくと、面白いことが分かった。

ある健康雑誌が、「美人の女医さん」という企画を連載していて、去年の四月号に、今井優花も写真入りで紹介されていた。その写真を見て、井ノ口は、今井優花のことが気に入ったのではないかという声が、十津川の耳に、聞こえてきた。

十津川は、神田（かんだ）にある、その雑誌社を訪ねて、「美人の女医さん」の欄の担当編集者である岩崎明（いわさきあきら）に会った。

まだ三十代半ばの編集者だが、なかなかの二枚目で、女性にモテそうな男だった。

十津川は、今井優花について、知っていることを、教えてほしいといった。

すると岩崎は、十津川に、意外な話をした。

それは、井ノ口社長が、妻と死別して、日の浅い去年の四月に、今井優花を連れて、沖縄旅行をしたというのである。

その岩崎は、日本の女医を紹介するページを担当しているのだが、去年の四月に、沖縄本島に、美人の女医がいると聞いて、取材に出掛けて行った。

確かに、女ざかりの美人女医が、那覇市内にいた。

その美人の女医の取材を終えた後、岩崎は、沖縄本島から、石垣島に行ってみることにした。これは仕事ではなく、あくまでも、プライベートな旅行である。

石垣島のホテルに入ると、どこかで見たことのある顔の女性客を発見した。

それが、自分の雑誌で先号掲載した、今井優花だったのである。

優花はその時、ひとりではなくて、中年の男と一緒だった。

年齢差のある、このカップルに、好奇心を抱いた岩崎は、内緒で写真を撮り、東京に戻って、調べてみると、今井優花と一緒にいたのは、R製薬の社長、井ノ口であることが、分かったというのである。

岩崎は、十津川が見せた、井ノ口の顔写真を見て、この男ですと、断定した。

十津川は、それを知らされ、今井優花の身辺を調べてみることにした。

（男の刑事が、会いに行くと、おそらく、警戒されるだろう）

十津川は、女性刑事の北条早苗に、患者を装って、赤坂の雑居ビルの中にある、今井優花のクリニックを、訪ねさせることにした。

最後は、みどりだった。

みどりの似顔絵は、今、捜査本部に、貼られている。

身長、体重、そのほか、ハンドバッグ、ドレス、靴など全てが、シャネルで統一されていることも書いてある。いわゆるシャネラーかもしれないし、あるいは、何か理由があって、シャネルの服を着てハンドバッグを持ち、靴を履いていたのだろうか？

簡単には、分かりそうもなかった。

住所も身元も、今のところ、全く、分からない。みどりという名前も、おそらく、本名ではないだろう。偽名のほうが、納得できるのである。

今井優花が、みどりのことを、女優の神木百合に、似ていると証言しているが、それも、みどりの身元を、確認することに、さほど役に立ちそうもなかった。

神木百合自体、最近、急に有名になってきた女優で、多くの人が、神木百合という女優を、知らなかったからである。

ただ、みどりの、シャネラーばりの派手な格好、つまり、シャネルのハンドバッグ、シャネルの独特なドレス、そして、靴までシャネルで統一されていた派手な格好が、刑事たちの聞き込みには、大いに、役立った。

今回の事件が起きた十八階建ての雑居ビル、このビルは、正式な名称はスカイマークビルだが、Ｒ製薬が金を出したということで、通称Ｒビルとも呼ばれている。

最上階の十八階にあるバーもまた、スカイマークバーというのが正式な名称なのだが、こちらのほうも、Ｒバーと呼ばれているのは、井ノ口社長が、ちょくちょく顔を、出すからということもあった。

十津川が、聞き込みを始めると、みどりの派手な格好、いかにも、シャネラーという格好が、すぐに、役立った。

十八階のバーには、ベテランのバーテンが二人と、ホステスが三人いるのだが、このバーテンのひとりが、同じ格好をした女性を、前にも二回、見たことがあると、証言したのである。つまり、事件のあった日を入れると、三回、シャネルで身を固めた女性を、目撃しているということだった。

証言してくれたバーテンは、小柳という名前の、六十二歳の男である。バーテン歴四十年という小柳は、

「こういう仕事を、やっていますと、お客様との会話が大事ですし、お客様の顔を覚えるのも、欠かすことのできないことの一つなんですよ」

その小柳が、間違いなく、今までに、二回、みどりと思われる女性を、目撃しているというのである。

「その時、彼女は、ひとりで、店に来たんですか?」

十津川が、聞いた。

「昨日のことも入れると、三回、その女性を、見ています。三回とも、その女性は、おひとりで、いらっしゃっています」

「小柳さんは、彼女と、何か、おしゃべりをしましたか?」

「私の記憶では、今もいったように、彼女は三回、このバーに、いらっしゃっているんですよ。初めていらっしゃった時、ひとりで、ずっと飲んでいらっしゃったので、私が、お相手をしました」

「その時、どんな話をしたか、覚えていますか?」

「私が、着ていらっしゃるのは、シャネルですねというと、彼女は、照れくさそうに、笑いながら、こんなことを、いったんですよ。自分は、こういう雰囲気のハイクラスのバーが好きなんだけど、慣れていない。服装についても、いろいろといわれるのが、怖いので、無理やり、シャネルで統一してみたが、それでも、何となく自信がない。そんなことを、いっていましたね。ですから、私は、なかなか、お似合いですよと、申し上げたんです」

「彼女は、このバーに何か目的があって、来ているようでしたか? 例えば、誰かに会うとか」

「いや、それは、分かりませんね。ただ、短い間に、三回も、いらっしゃっていますから、何か目的があって、来ていたのではないかと、私は、思っています。また、こういう雰囲気のバーが好きだとおっしゃってましたから、そういう気持ちもおありだったと思いますね」

「井ノ口社長は、このバーには、よくいらっしゃっていたんでしょう？」

「そうですね。井ノ口社長が、自分のポケットマネーで、このバーをコーディネートしたことは、有名ですから、よくお見えになって、いらっしゃいますよ」

「それでは、みどりという女性ですが、井ノ口社長を、目当てに来ていたということは、考えられませんか？」

「私には、分かりません。ただ、彼女は、私との話の中で、このバーが通称Rバーといわれていることも知っていて、一度、井ノ口社長に、お会いしたい。そんなことを、いっていましたね」

「そうですか、井ノ口社長に会いたいと、いっていましたか？」

「ええ、ですから昨日、一緒に十七階のカラオケクラブに、行くことになった時は、嬉しそうな、顔をしていましたよ」

「このバーは、クローズが、十一時ですよね？　最初に彼女が、店に来た時も、十一時までいたんですか？」

「ええ、閉店の十一時まで、ずっと、いらっしゃいましたよ」

「とすると、お酒は、かなり、強いほうですね？」

「ええ、たしかに、かなり強いほうだと思いますね」

「彼女は、みどりと、名乗っているんですが、小柳さんと、最初に話した時も、自分の名前を、みどりだと、いっていましたか？」

　十津川が、聞くと、バーテンの小柳は、笑った。

「ええ、『みどり』とだけ、名乗っていましたが、私は源氏名かと、思っていたんです。ところが、二度目におみえになった時、彼女が座っていた席の下に、『ＳＡＯＴＯＭＥ』と、刺繍のあるハンカチが落ちていたんです。だから、彼女の名前は『早乙女みどり』だと、思いました。事件のあった夜、また店に来たので、そのハンカチを、彼女に渡したんです。その時、『早乙女みどりさんとおっしゃるのですね？』とお聞きしたら、『本当は、別の姓なんだけど、この名前が好きで、自分では、早乙女って名乗っているんですよ』と、いっていました」

「そうか、彼女の名前は、『早乙女みどり』なんだ。本名じゃなく、自称かもしれないが、一応、氏名は分かったことになる。もっとも、『早乙女』という漢字が、正しいかどうかは、分からないが。ところで、初めてこの店に来た時、小柳さんが、ひとりでいた彼女と、話をしたんですよね？　その時、彼女と、どんな、話をしたのか、覚えていることを、全部話して、もらえませんかね？　こちらとしては、彼女の身元が、分からなくて困っているのです。ですから、どこの生まれだとか、どんな仕事をしているとか、どこに住んでいるとか、そういうことで、何かしゃべったことがあれば、教えていただきたいのですよ」

「お名前だとか、どんな経歴を、持っているかとか、どんなところに住んでいるかとか、そんなことは、このバーでは、いちいち、お客様に、聞いたりはしません。ただ、海外旅行が、好きで、留学していたこともあるということは、おっしゃっておられましたね。私も、アメリカのニューヨークで、バーテンをしていたことがあるのですが、ニューヨークにも、行ったことがあると、話していらっしゃいましたよ」

「旅行が、好きだといっていたんですか？」

十津川は、あまりそのことを重視する気にはなれなかった。

若い女性が、旅行が好きだというのは、ごく当たり前のことで、早乙女みどりという女性を、特徴づけることにはならないと思ったからである。

「ええ、そうです。それで、私のほうから、ひとり旅の話ですとか、日本ではどこが好きかですとか、そういう話に、持っていきました」

バーテンの小柳が、いう。

そうならば、少しは具体的な話になってくるかもしれない。

「それで、彼女は、日本のどこが、好きだといっていましたか？」

「普通の若い女性と、同じですよ。京都が好きだけど、住むのなら、北海道がいいと、いっていました」

「ほかに何か、自分のことを、話していませんでしたか？」

「若くて、きれいな女性なので、私もつい好奇心で、男の人に、モテモテでしょうと聞くと、パリに留学していた時、知り合った日本人の恋人がいたが、事情があって最近、別れたと、いっていました。それ以上は、口を開いてくれませんでした。でも、あまり自分から話をする人ではなかったですね」

「すると、あなたが、質問をすることが多かったんじゃないですかね？」

「そうですね。たしかに、私のほうばかりが、質問していましたね」

「あなたの記憶では、三回、彼女は、このバーに飲みに来ていたということですが、三回とも同じ服装でしたか？　シャネルのツーピースのドレスを着て、シャネルのハンドバッグを持って、シャネルの靴を履いていた。三回とも、そうでしたか？」

「そうですね。私が記憶している限りでは、同じ格好を、していました」

「しかし、シャネルづくしというのは、少しばかり、厭味（いやみ）な格好じゃありませんか？　それとも、彼女は、その格好が好きだったんですかね？」

「さっきも、申し上げたと思いますが、彼女は、自分は、こういう高級バーの雰囲気が好きなのだが、あまり来たことがないので、自信がない。どんな服装で、行ったらいいのかも、よく分からないので、無理をして、ブランド物で身を固めてきた。こうすれば、あまり、けなされることもないのではないか？　そう思って、こんな格好をしているんだが、自分では、ちょっと恥ずかしい。そんなことを、いっていましたよ。ですから、自覚はしていたんでしょうね。なかなか頭のいい女性だと、私は思っていますから」

4

十津川から、今井クリニックを調べるように指示された北条早苗は、ある作戦を、考えていた。

毎週土曜日は、整形手術を希望する、患者たちとの相談日になっていて、看護師は休みで、今井優花だけが、ひとりで応対しているのだ。

北条は、電話で予約を入れ、土曜日の午後二時に、会いに行くことにした。

そして、自分がクリニックに入ってから、三十分後に、ピザの宅配が届くように、手配しておいた。

料金は事前に、店に行き、支払っておいた。

今井優花に会うと、北条早苗は、自分は自分の顔が嫌いで仕方がない。だから、いろいろと整形したいので、相談に乗ってほしい。そういう形で、早苗は、今井優花の懐に、飛び込んでいき、まず、相手を安心させた。

ピザの宅配が、クリニックに来て、優花が玄関で、応対している。

ピザを頼んだ覚えはない、という優花の声がし、困惑する配達人とのやり取りが、続いていた。

その間に、早苗は、予約患者の名簿を、盗み見た。

早苗は、次に、優花の机の引出しを調べてみた。その結果、井ノ口社長の手紙が、何通か、見つかったが、中身まで、調べる時間は、なかった。

優花も、井ノ口社長と付き合いを持っていることは、確認できた。

こうして、四人について調べていくと、このうちのひとりが、青酸カリを使って、井ノ口社長を殺したとしても、おかしくはないのである。

十津川は、北条刑事からの報告を聞いた後、今井クリニックの女医、今井優花に、会いに行くことにした。

みどりの氏名が早乙女みどりだと判明したことを教え、その女について、再度、話を聞くためだ。

「事件の日ですが、あなたはたしか、早乙女みどりに、声をかけて、一緒に、飲んでいたんでしたね？　その時に、店に来ていた井ノ口社長から、カラオケに誘われて、一緒に十七階の、カラオケクラブに行った。そう証言されていますが、これは、間違いありませんね？」

「ええ、間違いありません。彼女がひとりで、飲んでいたので、私のほうから、声をかけたのです」

「どんなふうに声をかけたんですか？」

「あなた、女優の神木百合に、似ているといわれたことは、ありませんか？　そんなふうに声をかけたんです」

「そうしたら？」

「彼女、嬉しそうでしたわ」

「嬉しそうだったということは、つまり、自分が、女優の、神木百合に似ていることを、知っていた、ということですよね？」

「前にも、同じようにいわれたことがあって、その時も、嬉しかった。そんなふうにいっていましたね」

「彼女の格好ですが、ドレスもハンドバッグも靴も、全てシャネルでしょう？　そういう格好について、あなたは、どう、思われましたか？」

「結構、似合っていましたよ。ただ、ああいう格好には、あまり、慣れていないような、そんな感じがしていましたね。あのバーに来るので、無理をして、敢（あ）えてああいう格好をしたんじゃないかしら？」

「事件の時のことを、思い出してほしいのですが、あなたと早乙女みどりが、十八階のバーで飲んでいたら、井ノ口社長のほうから、一階下のカラオケクラブに行こうと誘ったんですよね？」

「ええ、そうです」

「それで五人で、カラオケクラブに、行った。十八階のバーには、ほかに、お客さんがいなかったのですか？」

「ええ、あの時は、私と早乙女みどりさん、それから、井ノ口社長と、その会社の人が二人。バーで飲んでいたのは、全部で、この五人だけだったんです。それで、井ノ口社長から誘われたので、あっという間に、全員が賛成ということになって、一階下の、カラオケクラブに行きました」

「井ノ口社長は、早乙女みどりのことが、気に入ったようでしたか？」

「ええ、気に入ったんじゃないでしょうか？　でも、あの社長さんは、浮気症というのかしら、若くてきれいな女性なら、誰でも自分のものに、しようとするのよ。そして、飽きると、あっという間に、捨て去るの」

「早乙女みどりも、井ノ口社長を、気に入っていましたか？」

「ええ、私が、みどりさんに、声をかけたら、あの人と、お知り合いになれるなら、喜んで、お付き合いしますといって、カラオケに参加してきました。前から、井ノ口社長に、憧れていたんじゃないかしら」

と、いって、今井優花が、笑った。

「あなたは、井ノ口社長と、男女の関係は、なかったんですか？」

「むかし、クリニックの経営が苦しい時に、資金援助をしていただいたことはありますが、男と女の仲じゃありません」

今井優花は、平然とした顔で、答えた。

「ところで、カラオケクラブでは、彼女は、どんな歌を歌っていたんですか？」

十津川が、聞くと、優花は、

「今、そのことを、考えていたんですけど」

「どうしてですか？」

「五人の中では、彼女が、いちばん、若かったと思うの。それなのに、演歌ばかり歌っていたわ。あれは、いったい、どうしてかしらと、それを、考えていたんです。たぶん、井ノ口社長が、演歌が、好きだから、それに合わせて、彼女も、演歌ばかりを歌っていたんじゃないかと、そんなふうに、考えているんですけど。ああ、井ノ口社長と彼女が、デュエットで、歌ったこともありましたよ。その時も、もちろん、演歌でしたけど」

と、優花が、いった。

「早乙女みどりは、井ノ口社長に合わせて、演歌ばかりを歌っていた。つまり、そういうことですか？」

「ええ、私には、そういうふうに、見えました。井ノ口社長が、彼女に、あんたは若いんだから、僕なんかが、知らない歌を歌っても構わないよといったんですよ。そうしたら、彼女は、私はなぜか、今流行(はや)りの歌はダメなんです。その代わり、演歌が好きなんですと、そういったんですよ。その時、チラッと、思ったんですけど、ああ、彼女、井ノ口社長のご機嫌を、取っているな、そんなふうに思いましたね」

「井ノ口社長のご機嫌を、取っている？」

「ええ、そう思いましたけど、でも、本当のところは、分かりませんわ。彼女は、もしかしたら、本当に、演歌が好きなのかもしれませんから」

と、今井優花が、いった。

5

もし、今井優花の話に、間違いがなければ、早乙女みどりという女性は、このスカイマークビルの十八階のバーに、井ノ口社長に会うために来ていたとも考えられる。

青酸カリを、用意していたとすれば、彼女の目的は、最初から、井ノ口社長を殺すことにあったのではないのか？

「早乙女みどりが『母を恋うる唄』を、歌った時のことですが、この『母を恋うる唄』というのは、カラオケでは、かなりよく、歌われている曲なんですか？」

「私も、演歌は、あまり歌わないんですけど、後で、いろいろな人に聞いたら、演歌が好きな人の間では、かなりよく、歌われているみたいですよ」

「それなのに、早乙女みどりは、『ははこいし』というところを『ぼこいし』と歌ったんですね？」

「ええ、あれには、本当にビックリしましたわ。そんなふうに、歌う人なんていませんもの」

たしかに、おかしな歌い方ではある。

だが、早乙女みどりは、一番、二番とも何のためらいも見せずに「ははこいし」を「ぼこいし」と歌ったという。

しかし、このことが、早乙女みどりという、若い女性の身元を、明らかにする役に、立つだろうか？

第二章　室蘭本線

1

五月九日、母の日である。アメリカに倣って、最近は、日本でも母の日は盛んで、毎年五月の第二日曜日は、母の日一色になる。

テレビニュースを見ると、朝から、赤白のカーネーションが、よく売れているという。

そういえば、問題の早乙女みどりは、五月六日に、すでに、白いカーネーションを胸に挿していたらしい。

白いカーネーションは、母親のない人がつけるそうだから、早乙女みどりと名乗る女も、若くして母親を、亡くしているということなのだろうか？　そのことが、今回の事件と、何か関係があるのか？

依然として身元がはっきりとしない。

この日の朝、亀井刑事が、突然、十津川に向かって、

「北海道に行ってみませんか？」

「北海道に、何かあるのか？」

十津川が、聞き返した。

「ひょっとすると、早乙女みどりの身元が分かるかもしれませんよ」

亀井の顔が、笑顔に、なっている。

「カメさん、何か見つけたのか？」

「実は、ちょっとした発見をしたんですよ」

亀井は、北海道の地図を持ち出して、十津川の前に広げた。

「北海道の南の部分、道南を見ると、ちいさく突き出したところに、室蘭（むろらん）の町があります」

「ああ、室蘭なら、よく知っているよ」

「この近くに、室蘭本線ですが、面白い名前の駅があるんですよ」

亀井は、そういって、メモ用紙に「母恋」と書いた。

「いったい、何と読むんだ？　『ははこい』駅か？」

「いや、違います。この駅名は『ぼこい』です」

「ぼこい？」

オウム返しにいってから、十津川の目が急に光った。

「なるほどね。北海道では、これを『ぼこい』と読むのか。カメさんは、それを知って、早乙女みどりが『母を恋うる唄』の歌詞の『母恋し』を『ははこいし』とは読まずに、『ぼこいし』と歌ったのと、この駅の名前を結びつけて考えたというわけだな？」

「ええ、そうなんです」

亀井は、ちょっと、得意げな顔になった後、

「私も警部と同じように考えたので、室蘭市に電話をして聞いてみました。そうすると、この地名は、もともとアイヌ語で、ポクオイというのだそうです」

亀井は、メモ用紙に、カタカナで、「ポクオイ」と書いた。

「その言葉は、アイヌ語で、ホッキ貝の多いところという意味だそうで、それに漢字を当てはめて、母恋、『ぼこい』としたのだそうです」

「私も北海道は好きなところなんだが、この地名は、初めて聞いたね」

「何しろ無人駅で、一日に、百人の乗降客しかないそうです。いつもは無人駅なんですが、名前が母恋、『ぼこい』というので、毎年、母の日になると、観光客が、ドッと押し寄せてきて、この母恋という名前の入った切符を、記念に買っていくそうです。もし、早乙女みどりが、この母恋の町の、生まれだとすればと、考えたんですが」

と、亀井が、いう。

「分かった。すぐ行こう」

十津川は、決めた。

2

二人は、羽田から、函館空港に向かった。函館まで一時間二十分。

羽田空港で、二人は、カーネーションを一輪ずつ買った。

十津川は、母親がまだ存命なので、赤いカーネーションを、亀井のほうは、白いカーネーションである。

函館からは、「特急北斗」に乗った。

座席に腰を下ろしてから、十津川は、改めて、北海道の地図を見た。

「室蘭本線というのは、なかなか面白い路線だね」

地図で見ると、室蘭本線というのは、長万部から、岩見沢までの、二百十一キロの路線である。この室蘭本線を利用する特急列車は、数が多い。

「スーパー北斗」、「北斗」、あるいは、「寝台特急北斗星」、また、最近特に人気のある「寝台特急カシオペア」、大阪からの「寝台特急トワイライト」、全て海辺を走る室蘭本線を使うのだが、どの特急列車、寝台列車も、途中から千歳線に入って、札幌に向かってしまう。室蘭本線の終着駅、室蘭に行く列車は、ほとんどないのである。大げさにいえば、室蘭本線は、利用されるだけ利用されて、最後は見捨てられてしまうのである。

十津川と亀井は、東室蘭で「特急北斗」を降りた。

この東室蘭から終着室蘭まで、距離にして約七キロ、駅にして四駅、これも室蘭本線と繋がっていて、室蘭支線とも、呼ばれている。

東室蘭駅で乗り換え、輪西駅、御崎駅をすぎて、三つ目の駅が、問題の母恋駅だった。

いつもは無人駅で、一日の乗降客も百人程度しかいないという小さな駅だが、今日だけは、ホームも待合室も、観光客でいっぱいだった。

十津川が、駅舎の中を覗くと、今日一日の業務を委託されたのか、中年の女性が、記念の切符を入れる袋に、スタンプを押しているのが見えた。

東室蘭から、この母恋まで、片道二百円の切符を買うために、今日一日、たくさんの乗客が、この駅を訪れるのだろう。

駅の中が、やたらに混雑しているので、十津川と亀井は、この駅で売っている、母恋弁当を二つ買って、駅舎の外で、食べることにした。

母恋の語源が、アイヌ語の、ホッキ貝の採れるところというだけに、母恋弁当の中身も、ホッキ貝の炊き込みご飯だった。

今日は、北海道も初夏の気候で、やたらに暖かい。

母恋弁当を食べながら、二人は、この日だけの観光客で溢れている駅舎を見つめた。

「早乙女みどりは、ここで生まれたんでしょうか？」

自問するように、亀井が、きく。

「それは分からないが、彼女が、母恋と書いて『ぼこい』と読む、その読み方に慣れていたことだけは間違いないんだ」

この母恋の次の駅が、終点の室蘭である。

鉄の町、室蘭。室蘭は、市になっているが、こちら母恋は、町だ。室蘭市母恋町である。

十津川は、駅の近くにある、派出所に行って、そこにいた巡査から、話を聞くことにした。

室蘭市には、室蘭警察署があり、ここは室蘭警察署母恋派出所である。

派出所には、普段はひとりの警官しかいないのだが、今日は特別に、もうひとり、室蘭警察署から派遣されてきているという。その二人とも、胸には赤いカーネーションをつけていた。

十津川は、二人の巡査に、警視庁捜査一課の肩書のついた名刺を渡してから、

「実は、五月の六日に、東京で殺人事件が起きたんだ。そして、その容疑者のひとりと

して、早乙女みどりという二十五、六歳の女性が浮かんできている。この女性だが、どうも、この母恋の生まれか、あるいは、この近くの生まれだと思われる。早乙女みどりという、この名前に、心当たりはないかね？」

十津川が、聞き、亀井は、用意してきた早乙女みどりの似顔絵を、二人の巡査に見てもらった。

二人の巡査は、似顔絵を見ていたが、中年の巡査長のほうが、

「こういう女性に、心当たりはありませんが、この母恋では、ここ二年ほど、これといった事件は、起きておりません」

少しずれた返事をした。

「ここ二年間、これはという事件は起きていないのか」

十津川は、改めて、周囲を見渡した。

「この先が、たしか室蘭だったね？」

「ええ、そうです。母恋の次の駅が、室蘭駅です」

「室蘭というと、私なんかには、鉄の町というイメージが強いのだが、それでも観光客も来るのかね？」

「室蘭の市内からバスが、出ていて、終点が、地球岬（ちきゅうみさき）という、景色のいいところです。百メートルの断崖に立っている、白い灯台がきれいですし、今日のように晴れています

と、駒ヶ岳から、下北半島まで見渡せますので、かなりの観光客が、来ていますよ」

と、巡査長が、いった。

「そこならば、この母恋に比べて、賑やかだろうね」

二人は、派出所の巡査に、礼をいって別れると、終点の室蘭駅まで、歩いていくことにした。

室蘭の港や、その向こうの白鳥大橋を見ながら、歩いていく。

室蘭駅の前には、案内板が立っていた。そこには、さっきの巡査長が、いっていたように、白い灯台で有名だという地球岬や、あるいは、室蘭港の入口にかかる、白鳥大橋の案内も載っていた。

もちろん、十津川は、観光に来たわけではないので、そのまま、足を、室蘭警察署に向けた。

今日は、日曜日なので、警察署の中も静かである。それでも、柴田という警部が、応対してくれた。

年齢は四十代、生まれも育ちも、この室蘭だという。

十津川は、柴田警部にも問題の女の似顔絵を見せ、早乙女みどりという名前を告げてから、

「何か、心当たりはありませんか？」

柴田は、似顔絵には、興味を示さなかったが、

「似顔絵の女性には、覚えがありませんが、早乙女みどりという名前には、記憶がありますよ」

と、いう。

「こちらでも、事件を起こしていますか？」

「いや。去年の秋に、亡くなったという記事を、読んでいるんです。たしか、母恋町の出身の女性が、東京で成功していて、母恋町の子供たちのために、町に五十万円寄付していたので、新聞に載ったように書いてありましたね」

「東京で出世ですか？」

「ええ。何でも、何かの商売で、女社長になっているとか」

「亡くなったのは、病死か何かですか？」

「確か病死でしたよ」

「そのあたりのことで、詳しく知っている人は、いませんか？」

「室蘭新報という新聞に載っていましたから、ここに聞けば分かると思います」

柴田に、その新聞社の電話番号を聞いて、その場で、かけてみた。

電話に出てくれた記者の話で、詳しいことが分かった。

新聞に載ったのは、去年の十月十七日の夕刊だという。

「郷里の室蘭市母恋町出身の女性が、華の銀座で、高級クラブのママをやっていて、成功している。お客さんは、財界人や政治家、俳優さんなど、有名人ばかりだと聞きましてね。この町出身の女性が、華やかな世界で頑張っているということと、子供たちのために、奨学金を町に贈ったという話を、取材しようと思って、東京支社の記者が、その女性に、連絡を取ろうとしたら、病死したと分かったんです。その頃、女性起業家ブームだったので、取材の趣旨は違っても、彼女の訃報を記事にすることも、意義があると考えて、掲載したんです」

と、川端という記者は、話してくれた。

「早乙女みどりという女性は、亡くなったとき、東京に住んでいたのですか？」

「ええと、東京世田谷の成城学園前の高級マンションにひとりで住んでいたとありますね」

「他に、彼女について、何か分かりませんか？」

「亡くなったとき、五十歳とありますね」

「女性社長というのは、本当ですか？」

「いや、その点は、あまり正確じゃないんです。実業、虚業さまざまで、例えば、実業家といっても、零細企業のこともありますからね」

「去年の十月十七日の夕刊に載ったあと、続報は、載らなかったんですか？」

「載っていません」

「どうしてですか?」

「この後、東京からの情報が、来たんですが、どうも女社長と、名乗っていても、実際は銀座の高級クラブの雇われママで、営業不振で悩んでいて、そのストレスから、心臓発作を起こし、亡くなったようです。それから、早乙女みどりは、確かに、室蘭市母恋の出身ですが、高校を出るとすぐ東京に出て行って、ほとんど、郷里に帰っていませんし、彼女の両親や親族は、すでに亡くなっていた。これ以上、美化して報道すると、ウソを書いたことに、なりますからね」

話を聞けたのは、そのくらいだった。

十津川は、新聞に掲載された、早乙女みどりの写真を、警視庁の、自分のところに、送ってくれるように、依頼して、電話を切ると、今、室蘭新報の記者から聞いたことを、柴田に話した後、

「早乙女みどりについて、もっと、詳しく知りたいんですが」

と、いった。

「今、室蘭新報の記者がいっていたように、高校を出ると同時に、東京に出て行き、その後、ほとんど帰郷していないなら、母恋でも、彼女のことを知っている人は、少ないんじゃありませんか」

と、柴田は、いう。

「何とかして、早乙女みどりについて、いろいろ知りたいんですよ」

十津川は重ねて、いうと、柴田は、少し考えてから、

「ウチに、同じ母恋出身の刑事がいます。母恋は、小さな町ですから、早乙女みどりのことも、何か、知っているかもしれません」

柴田警部が、紹介してくれたのは、母恋町出身だという五十歳の、田中(たなか)という刑事だった。

嬉しいことに、田中刑事は、問題の早乙女みどりと同じ高校で、しかも同級だったという。

「彼女は、高校を卒業すると同時に、北海道を離れて、上京してしまいましたが、私のほうは、この町が、好きだったので、ここで、刑事になりました」

笑いながら、田中が、いう。

十津川は、田中刑事に向かっても、早乙女みどりが、どんな女性だったかを、聞いてみた。

田中は、苦笑して、

「私は、高校時代の彼女しか、知らんのですよ。成人してからの、彼女については、何も知りません」

「高校時代だけでも結構です。どういう女性だったか、話してください」

「頭はよかったですよ。それに、なかなかの美人でしたからね。男子生徒の、憧れの的だったんじゃないかな？　たぶん、彼女自身は野心家で、室蘭なんかに、住んでいるのがイヤで、高校を卒業すると同時に、上京してしまったと、思っていますよ。ただ、去年の十月に、死んだと聞いた時は、おどろきましたけどね」

「高校は、室蘭の、高校ですか？」

「はい。そうです」

「早乙女みどりさんは、母恋の町の出身で、彼女の家族は、もう、亡くなっているそうですね？」

「彼女が高校を卒業して、東京に行った時には、父親は、もう亡くなっていて、母親だけが母恋に、住んでいたんです。その母親も、彼女が上京してから、五年後ぐらいに亡くなって、そうだ、その時、彼女が、葬儀のために戻ってきましてね。私は、その時に、彼女と会っています。たしか、あの時は二十三歳ぐらいになっていたんじゃないですかね？　すっかり大人になって、きれいになっていたので、ビックリしましたよ」

田中刑事が、早乙女みどりの両親が葬られている母恋の正眼寺（せいがんじ）という寺に、案内してくれることになった。

室蘭港の海が見える高台にある寺で、墓地も、海に臨んで造られている。

小さな墓だった。早乙女家の名前があり、墓石の裏には、亡くなった早乙女みどりの両親の名前が、書いてあった。

「東京で死んだ早乙女みどりの名前が、ありませんね？」

亀井が、首を傾げた。

「私にも、よく分からんのですが、何しろ、彼女は、高校を卒業するとすぐに、上京してしまって、その後、ずっと、東京や横浜に住んでいましたからね。向こうに、彼女の墓があるんじゃありませんか？」

田中刑事が、いった。

「もう、この母恋には、早乙女家と、関係のある人は、誰もいないと、聞きましたが？」

「そうですよ。去年、東京で、早乙女みどりが死んでしまったので、早乙女家の人は、誰もいなくなってしまったんです」

「それにしては、お墓はきれいですね」

と、十津川が、いった。

たしかに、小さな、粗末な墓石ではあるが、きれいに、洗われている。墓石の前には、花が、捧げられていた。

そのことについて、住職が笑顔で、答えてくれた。

「昼少し前に、墓地を回ったんですがね、早乙女さんの関係者は、もう、この母恋には、いらっしゃらない。それなのに、墓石が、きれいに洗われていたり、お花が供えてあったりしたので、ビックリしたんです。ええ、誰がなさったのか、こちらでは分かりません」

「家族がいないと、この早乙女家のお墓は、どうなるんですか?」

「永代供養の申し込みがあれば、こちらで、ずっと面倒を見させていただきますけど、何の連絡もなければ、申しわけないが、処分させていただくことになります」

と、住職が、いう。

「お墓を洗ったり、お花を供えたりした人ですが、住職には、心当たりが、ありませんか?」

「心当たりは、全くありませんが、今日は母の日です。それで、たまたま、お参りにいらっしゃった方が、ついでに、早乙女さんのお墓も掃除し、お花を供えていったのではないか、私は、そんなふうに、善意に、考えておりますが」

住職が、おだやかな口調でいう。

「早乙女みどりさんが、去年東京で亡くなったことは、ご存じですか?」

十津川は、改めて、住職に聞いてみた。

「ええ、知っております。そこにいらっしゃる田中刑事さんから、お聞きしましたよ。

何でも、病死だと、お聞きしました」

「その早乙女みどりさんを、こちらのお墓に、一緒に入れるという話は、なかったんですか？」

「そういうお話があれば、喜んでお受けしようと、思っておりましたが、その後、何の連絡もないので、たぶん、早乙女みどりさんは、向こうで、結婚なさって、ご主人のほうのお寺に、葬られるのではないですか？　それならそれでいいと思っておりましたが、何かあるんですか？」

住職が目を上げて、十津川を見た。

十津川は、慌てて手を振った。

その時、亀井が、何気なく、例の似顔絵を取り出し、住職に、見せた。

「この女性ですが、自分では、早乙女みどりと、名乗っているんです。もちろん、本物の早乙女みどりさんは、すでに、去年亡くなっているので、偽名ですが、この似顔絵に、心当たりはありませんか？」

もちろん、何かを、期待しての質問ではなかった。

しかし、住職は、熱心に、似顔絵を見ている。その後、

「どこかで見たような顔なんだが」

と、つぶやいた。

その言葉に、十津川のほうが、飛びついた。

「この似顔絵に、心当たりがあるんですか？」

「ええ、この顔を、どこかで、見たような気がするんですよ」

「ご住職は、この顔を見ているんですね？　それは、最近ですか？」

「ええ、たぶん、半年くらい前かな。ただ、こんな派手な感じでは、ありませんでしたね」

似顔絵が、派手になっているのは、彼女の服装が、大いに関係している。何しろ、シャネルのドレス、シャネルのハンドバッグ、そして、シャネルのハイヒール。そんな服装をしていたから、どうしても、似顔絵も派手に見えてしまうのだ。

「ご住職が、この似顔絵の女性に会った時ですが、彼女は、どんな格好を、していたのですか？」

「たしか、ジーンズに、ゴム底の靴、上には、ブルゾンを着て、深い帽子を、被っていましたよ。全体的に地味な感じで、私と目が合うと、帽子を取って、挨拶したんです」

「この寺の中で、お会いになったんですか？」

「はい、その通りです」

「正確には、いつ頃のことですか？」

「たしか、去年の暮れじゃなかったですかね。もう師走だなと思ったことを、覚えています。墓地に落ち葉が散っていて、そろそろ業者さんにお願いして、掃除をしてもらわなければいけないなと思って、墓地を見に行った時、そこに、今いった帽子を被った、一見、登山姿の若い女性が、いらっしゃいましてね。目を合わせると、帽子を取って、丁寧にお辞儀をされたんです。それが、この似顔絵によく似た女性でした」

「彼女は、どうして、こちらのお寺にいたのですか？」

「私が、何かご用ですかと、お聞きしましたら、その女性は、このお寺で、いちばん大きな広い墓地を作りたい。どのくらいの値段に、なるでしょうかと、聞かれたのです。それで、五百万円ぐらいとお答えしました。ええ、ここでいちばん広い墓地です。墓石や、そのほかの料金は、そこには、入っておりません」

「そうしたら、彼女は、何といったのですか？」

「五百万円ですか。少し考えさせてください。そういって、お帰りになりました」

「その女性の名前は、お聞きになりましたか？」

「いいえ、お聞きしませんでしたよ。いちばん広い墓地のことが決まってから、お聞きすればいい。そう思ったものですから」

「もう一度、確認しますが、この似顔絵の女性が、このお寺に来たのは、去年の十二月なんですね？」

「はい。そうです」

「その後、彼女は、またここに、来ましたか？」

「いや、その後は、ここには、見えていませんが、今年に入ってから、一月に一回は、電話が、かかってきます」

「毎月一回、電話があるんですか？」

「ええ、その月の、初めの日、一日に、必ず電話があります」

「どういう電話ですか？」

「この墓地のいちばん上のほう、つまり、眺めのいい場所に、広い墓地が空いているんですよ。それが、今いった、五百万円の場所なんですが、その女性は、毎月一日に電話をしてきて、あの場所が、まだ売れていないか、と聞いていましたね」

住職が、十津川たちを、その場所に案内してくれた。

この寺の墓地は、海に面して緩い階段状になっていて、そのいちばん上のところ、いちばん、眺めのいいところに、ほかの墓地の広さの、優に二倍はありそうな、空き地があった。

「ここが、いちばん眺めのいい場所で、この区画だけで五百万はします」

と、住職が、いった。

「なるほど。たしかに、いい場所ですね」

十津川は、眼下に広がる室蘭港を、眺めながら、

「その女性は、毎月一日、この墓地が空いているかを、聞いてくるわけですね？」

「ええ、そうなんですよ。何しろ、五百万円ですからね。なかなか売れない場所なので、空いているのです。それを伝えると、ホッとしたような感じで、お金ができたなら、必ず、買いに参ります。ですから、できるだけ、押さえておいてください。毎回必ずそういって、電話を切るんですよ。ただ、今までに、この方が、この墓地を買いにいらしたことはありませんけど」

「では、今日は五月の九日ですが、今月の一日にも、電話があったんですか？」

「ええ、ありました」

「何時頃ですか？」

「たいてい、いつもお昼頃に、電話がかかってくるのです。今月の一日も、やはりそうでした。たぶん、会社のお昼休みにでも、電話をしているのではないかと、私は、勝手に考えておりますが」

「電話をしてくる時、自分の名前を、何といっていますか？」

「いや、名前は、一度もおっしゃっていませんね。ただ、私ですといい、あの一等地の墓地ですけどというので、それで、彼女だとすぐに、分かりますから、こちらから、どなたですかと、お聞きしたことはありません」

「最初に、彼女がここに来たのは、去年の十二月でしたね？」

「そうです」

「今年に入ってから、毎月一日に、電話をしてくるように、なったんですか？」

「ええ、そうですよ」

「すると、今年の五月一日まで、五回、電話を、かけてきたことになりますね？」

「そうなりますか」

「今まで、五ヵ月経っているわけですから、その間、お金が、少しできたから、手付金を払うとか、そういう話はなかったんですか？」

「手付金ですか。いや、そういうことは、一回もありませんでしたね」

「もう一度、確認しますが、彼女が、最初にこのお寺に来たのは、正確にいうと、去年の十二月の何日ですか？」

「たしか、十二月の十八日だったと思います」

「その時の服装が、登山スタイル？」

十津川が、いいかけると、その言葉を遮るように、

「正確にいうと、靴は、登山靴というよりも、軽くて、歩くのが楽なゴム底の靴といった感じの靴でしたね」

「それに、ジーンズとブルゾン、そして、深い女性用の帽子。そういう、格好だったんですね？」

「なにしろ、この墓地は、ご覧のように、階段状になっていて、歩きにくいですし、十二月は寒い時期ですから、防寒対策もあったんじゃないでしょうか」

「バッグは持っていましたか？　ハンドバッグのようなものですが」

「いいえ、なにも手には、持っていませんでした」

「もう一度、確認しますが、去年の十二月に、初めて、ここに現れた時には、ブルゾンにジーンズ、ゴム底の靴と帽子といった格好だった。これが正しいですか？」

「そうですね。靴もがっちりした登山靴ではありませんでしたし、ブルゾンに、ジーンズ姿で、ひと目で若い女性だとは、分かりましたが、深く帽子も被っていましたから、この似顔絵の女性その人とは、断定できませんが」

「その時、誰のお墓に、お参りに来たということは、いわなかったのですか？」

「ええ、おっしゃいませんでした。いきなり、この寺で、いちばん広い墓地は、どのくらいするのかと、お聞きになりました」

「さっき、早乙女家のお墓を、見てきたんですが、彼女は、早乙女家に関係のある人じゃありませんか？」

「いや、名前は、今も申し上げたように、お聞きしていませんから、この寺に、お墓参りに来られたのかどうかも、分かりません」

「しかし、いきなり、ここで、いちばん広い墓地は、いくらするのかと、聞いたんでしよう？」

「はい。そうです」

「私が見たところ、この墓地の中で、いちばん狭くて貧弱なのは、早乙女家の墓地に見えます」

十津川は、しゃべりながら、こんなことを考えていた。

去年の十二月十八日、似顔絵の女は、突然、この正眼寺に現れた。そこで、自分の家の墓地を見ると、この寺にある墓地の中で、いちばん小さくて、粗末だった。だから、なおさら、いちばん広い墓地を買って、そこに、早乙女家のお墓を移したくなったのではないだろうか？　それなら、何となく、彼女の気持ちが分かってくる。

もし、標準的な大きさの墓地だったら、今になって、墓地を広くしたいとは、思わないだろう。墓を動かすのは、縁起が悪いからだ。

十津川は、頭の中で、そんなことを考えたのだが、住職には、いわなかった。住職はあくまでも、似顔絵の女性が、名前をいわなかったから、早乙女家の人間かどうかは、分からないといっているからである。

十津川が調べてみると、去年の十二月十八日は、金曜日である。十八日から土曜日も休めば、三日間、休めることになる。

その休みの最初の日に、似顔絵の女は、母恋にある正眼寺に、来たことになる。

十津川は、最後に、住職に向かって、もし、今後、同じ女性から、電話がかかってきたら、なるべく、相手の電話番号か、住所、それに名前を聞いておいてくださいと、頼んで、正眼寺を後にすることにした。

十津川は、室蘭市役所に向かった。

死んだ早乙女みどりに、婚外子の娘がいなかったかどうか、戸籍を調べることにした。日曜日で、役所は休みだったが、警視庁の刑事だといって、警察手帳を見せ、休日出勤をしている職員に、協力してもらった。

しかし、そのような記載を、見つけることは出来なかった。

となると、若い娘が、早乙女みどりの娘だとするなら、生前、みどりが関係を持った男の籍に、入っているのだろうと、十津川は、思った。

3

十津川たちは、歩いて母恋駅まで行き、そこで、室蘭警察署の田中刑事とは、礼をいってから別れた。

母恋駅には、まだ、多くの観光客の男女が、両側のホームにも、待合室にも溢れていた。写真を撮っている者もいれば、記念切符を買っている者もおり、いつもは、無人駅で静かな、この母恋駅も、母の日の今日一日は、賑わうのだろう。

「これからどうしますか？」

亀井に聞かれた十津川は、

「いったん、東京に帰ろう。今いちばん知りたいのは、東京で死んだ、早乙女みどりのことなんだ」

二人は、東室蘭から「特急北斗」に乗り換えて、南千歳に出て、新千歳空港から飛行機を使って、東京に、戻ることにした。

二人が捜査本部に戻った時には、すでに周囲は暗くなっていた。

十津川は、母恋でつかんだ情報を、三上刑事部長に、報告した。

三上刑事部長は、機嫌が良かった。

「とにかく」

と、三上は、笑顔で、いった。「とにかく」というのは、三上の口癖である。

「とにかく、犯人を逮捕したんだから、いいじゃないか？」

「とにかく、ここまで、捜査が進んだんだから、いいじゃないか？」

三上はいつも、そんなふうにいうのである。

今回、三上は、こんなことをいった。

「とにかく、早乙女みどりという女性が、すでに、去年の十月に死んでいることが分かったから、いいじゃないか？　これで、現在、行方不明になっている容疑者の女は、早乙女みどりということになっているが、少なくとも、偽名であることが、分かったんだからね」

「その件は、まだ、たしかではありません」

十津川は、慎重に、いった。

翌日、十津川と亀井は、世田谷区役所に行き、担当者に、早乙女みどりのことを聞いた。

「はい。間違いありません。早乙女みどりさんは、世田谷区成城学園前のマンションで、去年の十月十五日に亡くなられています。主治医の個人病院の院長が、診察し、病死と断定したそうです。早乙女さんには、身寄りがないということで、死亡届や火葬許可申請書を、提出したのは、マンションの、管理人さんでした」

鈴木（すずき）という担当者が、いう。

次に、十津川は、世田谷警察署を訪ねた。

自宅での病死となれば、当然、警察官が立ち会い、調べたはずだからである。

福山（ふくやま）という巡査が、管理人からの連絡を受け、マンションに駆けつけた。すでに部屋には、主治医だと名乗る医者が来ていて、心臓発作による病死だと、診断したので、不審な点はないと思い、帰って来たという。

十津川は、その福山という巡査に質問した。

「住所は、そのマンションだね？」

「そうです。住民票から、本籍地は、北海道の室蘭市母恋町と分かりましたので、一応、そちらにも連絡しました」

「独身だったのかね？　それとも、結婚していたのかね？」

「おひとりでした。早乙女みどりさんは、寝室のベッドの上で、亡くなっていました。遺体には死後硬直が、見られましたが、外傷など、不審なところは、ありませんでした」

「それでは、死んでいるのを発見したのは、誰なのかね？」

「当時、早乙女さんは、銀座で、クラブのママをやっていまして、夜になっても、店に見えないので、心配した大島秀夫というマネージャーが、マンションに行き、亡くなっているのを見つけたと聞いています」

「高級クラブのママだと聞いているのだが、経営状態は、厳しかったらしいね」

「居合わせた、マネージャーの話では、常日頃、経営のことで、心労が絶えなかったそうです。医者は、そのストレスが、心臓発作につながったのかもしれないと、いっていました」

「なるほど。この早乙女みどりさんが、どういう経歴か、分かるかね？」

「申しわけありませんが、分かりません。病死という、医者の診断結果が出たので、そこまでは、調べませんでした」

「誰か、彼女のことを、詳しく知っている人は、いないのかね？」

ここでも、十津川は、粘った。そうすると、福山は、

「一週間ぐらい経って、早乙女みどりさんのことを、『週刊ロマンス』の記者さんが調べていました。私も、あれこれ、聞かれました」

「なぜ、調べていたのかね？」

「それは、分かりません」

「記事になったのか？」

「記事にするかどうかは、まだ、決めていません、といっていました」

それでは、その週刊誌は、なぜ、早乙女みどりのことを調べたのか。

十津川たちは、すぐ、新宿（しんじゅく）の雑居ビルの中にある「週刊ロマンス」社を訪ねた。

矢木（やぎ）という記者が、応対した。

「あれは、ちょっと面白い記事になるかもしれないと、思ったんですよ」

と、いう。

「面白いですか？」

「北海道の小さな町から、高校を卒業してすぐ上京した、何の才能もない、ただ、ちょ

っと美人だという、それだけを武器にして、五十歳まで、水商売の世界で生きてきて、一応成功した。ある意味、典型的な女の半生じゃないかなと、興味を抱いて、取材したんですよ」

「それで、どんなことがわかったんですか？」

亀井が、聞いた。

「これが、彼女の経歴です」

と、矢木は、メモに書いたものを、十津川に見せてくれた。

「上京してすぐは、やはり、住み込みの仕事が多いんですよ。ファースト・フードのチェーン店なんかがね。二十歳をすぎた頃から、夜の仕事に入った。お金になるからでしょうね」

「二十二歳の時に、最初の結婚とありますね」

「六本木のクラブで、ホステスをやっている時、ひと廻り年上の佐伯誠という男と結婚しています。客として来ていた中小企業の社長です。しかし、三年後に離婚していま す。佐伯本人に聞くと、妻みどりの不貞が原因だといっていますが、みどりのほうが死んでいますから、本当のところはわかりません」

「離婚後、ホステスに戻ったとありますね」

「もともと、水商売に向いていたのかも知れませんね。その後、銀座のクラブに、引き抜かれ、三十歳の時、店を持っています。パトロンの存在は、分かりませんが、若くして、高級クラブを、銀座に開くのは、並大抵のことじゃありませんよ。亡くなった時は、クラブ『みどり』のママです」

「その店は、人気があったんですか？」

「あったようです。ママのみどりは、色気があって、頭も切れたようで、店の客には、大会社の社長や、政治家、それに、芸能人も、多かったと聞いています。彼女には、パトロンがいるという話も、流れていましたし、また単なる、雇われママだというウワサも、ありましたね」

「二十五歳で、離婚した時、子供は、いなかったんですか？」

「いません。いろいろ調べたので、これは間違いありません」

と、いわれて、十津川は、首を傾げた。子供がいないとすると、今、早乙女みどりを名乗っている女は、去年十月に病死した早乙女みどりと、何の関係もないのだろうか？

「早乙女みどりは、再婚しなかったんですか？」

「していませんが、ただ、その後、二人の男と、同棲（どうせい）していたというウワサがあります」

「二回ですか。同棲相手の名前は、わかりますか？」

「それがわからないんですよ。二回同棲したのは、間違いないんですが」

「なぜわからないんですか？」

「多分、一度、結婚に失敗したので、まわりの人間に、同棲のことを、内緒にしていたんだと思いますね。また、水商売の女性は、男がいるということは、秘密にしている場合が、多いんですよ」

と、いって、矢木は笑った。

しかし、十津川は、失望しなかった。

二度、同棲していれば、娘が生まれた可能性はあるのだ。その娘が、問題の早乙女みどりではないのか。

第三章　第二の犠牲者

1

　中央テレビでは、毎週月曜日の夜九時に放送している、一時間の旅番組の、次の目的地を、函館に決めた。

「光の都、函館。奥座敷、湯の川温泉」

　これがタイトルである。

　内容は、毎回、俳優やタレントが、旅人となって観光地を訪れ、その地の観光スポットや名物を、紹介するというものだった。

　ただ、予算の少ない番組なので、旅人として、有名人は使えない。番組の担当プロデューサーである柿沼が、今回の旅人として選んだのは、俳優の、本間敬之助、五十歳である。

本間敬之助は、二十代の頃は、若手の有望株として、将来を、大いに嘱望されていたのだが、その後は、なぜか人気が続かず、現在はテレビドラマの脇役として、たまに、顔を見せるような存在になっている。だから、出演料も、安い。

一緒に旅をするのは、今回は、自分の局の女性アナウンサー、島崎(しまざき)あかね、二十五歳と決めた。

構成作家の作ったシナリオにしたがって、収録していく。

最初のシーンは、函館空港である。

本間敬之助と島崎あかねの二人が、飛行機から降りてくる。空港のバスの停留所に、JR函館駅行きのシャトルバスが、停(と)まっている。

二人はそれに乗り、バスの車内での、二人のちょっとした会話を、収録した。

「僕は、ドラマの撮影で、何回も函館に来ているんだよ」

「私は、初めてなんです。ぜひ、本間さんに、ご案内をお願いします」

そんな会話が、バスの中で、交わされたのだが、本間の顔には、昔は良かったといった表情が、溢れていた。

若い時には、ドラマの主役として、この函館にも、何回か来ているのである。

しかし、今は、旅番組の案内役である。

バスを、JR函館駅で降りると、二人は、観光客が必ず行く、函館の朝市を、歩くことになった。

今は、昼過ぎだが、午後二時まで、やっているので、強引に、朝市の雰囲気で、カメラを、回してしまう。

この朝市には、二百八十軒とも三百軒ともいわれる、たくさんの店が出ている。その函館の朝市を、二人に歩いてもらう。

函館名物の大盛り海鮮ラーメンを食べ、これが少しおそい昼食である。

その後、これも、観光客に人気の市電に乗って、市内見物になった。

元町（もとまち）には、観光ルートになっている函館の倉庫群があるが、倉庫を改造して、最近は、観光客にガラス細工を体験させる店が増えている。二人にも店の一つに入って、ガラス工芸を楽しんでもらう。サンドブラストという作業である。

透明なガラスのコップに、犬や猫のシールを貼ってから、ガラスを砂で磨くのである。すると、透明なグラスは、たちまち、曇りグラスになる。その後で、シールを剝がすと、そこだけが、犬や猫の形に、浮き上がるという仕組みになっていた。簡単だが面白い。

若い島崎あかねは、終始ご機嫌で、歓声を上げながら、ガラス細工に興じていたが、本間のほうは、あまり嬉しそうではなかった。

おそらく、函館の朝市でも、ガラス細工の店でも、観光客が、たくさん集まっていたのに、誰ひとりとして、本間敬之助を知らなくて、声をかけてこなかったからだろう。

この後、二人は、函館の奥座敷といわれる湯の川温泉に入り、ホテルにチェックインする。

温泉に入る本間敬之助と島崎あかねを撮り、六時からの夕食風景を、カメラに収めて、今回のロケは、終わりだった。

一時間の旅番組である。これ以上、予算はかけられなかった。

二人に同行したプロデューサーの柿沼は、本間に向かって、

「ご苦労様でした。これから後は、フリーですから、適当に、やってください」

と、声をかけた。

2

柿沼に、このあとはフリーですからといわれて、本間は、少しばかり腹が立った。

この後はフリーだということは、中央テレビが、面倒を見るのは、ここまでということである。

たぶん、本間が人気者だったら、あの女性アナウンサーと一緒に、函館の夜の町に連れ出して、大いに騒ぎ、盛り上がるはずなのだ。

本間を、連れて歩いても、キャーキャーいわれるわけでもなく、中年の売れない俳優と一緒にいても、面白くない。それで、これから先はフリーですよと、柿沼は、いったのだろう。

その柿沼は島崎あかねと、どこかに姿を消してしまった。話相手もいなくなってしまったので、本間は、ぼんやりと、ロビーで、新聞に目を通していた。

その時、突然、

「本間さん、本間敬之助さんじゃ、ありません？」

と、声をかけられた。

新聞から目を上げると、二十代半ばに見える女性が、笑顔で立っていた。

「ええ、本間ですが」

「やっぱり、本間さんなんだ。私、昔から本間さんの、大ファンなんです。先日、Nテレビで放送されたドラマで、先生役をおやりになったでしょう？」

「ええ、やりました」

「あの本間さんは、素晴らしかったですよ。ああいう先生が、いたらいいなと、私、思いましたもの」

女は、興奮した口調で、しゃべっている。

本間は、一瞬戸惑ったものの、すぐ、嬉しくなってきた。

一週間前に放送された、Nテレビの二時間ドラマ「教師たちの夏」に、本間は、脇役の教頭役で、出演しているが、内心、久しぶりに、満足できる演技だったと、思っていたからである。

女は、本間のそばに、腰を下ろすと、

「今日、こちらに、いらっしゃったのは、ドラマの撮影か、何かですか？」

「まあ、そんなところです」

「それで、撮影は、もう、終わられたんですか？」

「ええ、終わりました」

「それなら、私と一緒に、函館の夜景を見に行きませんか？」

と、女が、誘った。

「函館の夜景ですか？」

「ええ、とても、素晴らしいそうですよ。もし、本間さんさえ、よろしければ、一緒に行っていただきたいんですけど」

本間は、一瞬、考えた。

今から、何をしたらいいのか？　ここに芸者がいるのかどうかは知らない。いたとしても、ひとりで、芸者を呼んで、どんちゃん騒ぎをする気にもなれなかった。

となれば、ひとりで、部屋に戻って、寂しく飲み明かすことに、なってしまうだろう。

それなら、この若い女と函館の夜景を見に行った方が楽しいだろう。

「そうですね、行きましょうか」

「本当ですか？　嬉しいわ。憧れの本間さんと一緒に、函館の夜景が、見られるなんて、こんな幸せなことは、ありませんわ」

女は、ひとりで、やたらに、はしゃいでいる。

「そういえば、まだ君の名前を、聞いていなかったね」

「ちょっと恥ずかしいんですけど、みどりといいます」

「みどりさんですか。何だか、芸名みたいですね」

「いつも、そういわれるので、ちょっと恥ずかしいんです。本当は、普通の大学院生なんですけど」

「大学院生ですか。函館の方ですか？　いや、違うな。ホテルに、泊まっていらっしゃるんだから」

「ええ、東京に、住んでいます」

彼女が、フロントに頼んで、タクシーを呼んでもらった。二人は、そのタクシーで、世界一美しい夜景が見られるという、函館山に向かった。

函館山の麓に着く。

ここからは、ロープウェイで、山頂まで上がることができる。ひとり往復で千百六十円である。

その二人分を、本間が、支払うと、

「ありがとうございます」

と、女は、丁寧に、礼をいった。

「東京に帰ったら、友だちに、本間さんに、ロープウェイに乗せてもらったって、自慢します」

相変わらず、女はひとりで、はしゃいでいる。

山頂から見る函館の夜景は、たしかに、世界一の素晴らしさだった。

「もっと向こうに行きませんか？　そばに、ほかの人がいると、気分が出なくてイヤなんです」

女は、そんなことをいって、本間を引っ張った。人の気配がない暗がりに行くと、女は、急に、本間にしがみついてきた。

一言もいわない。

本間は、突然、激しい恐怖を感じた。何とか、女の体を、引き離そうとするのだが、女は、本間にしっかりと、抱きついて、離れようとしない。

その時、女は、ふいに、本間の胸にナイフを突き立てた。

「何をするんだ！」

本間が、大きな声を出したが、女は構わず、そのまま、ナイフをより深く、突き立ててくる。思わず本間は、悲鳴を上げた。

3

翌朝、函館山の展望台の隅で、中年の男が、うつ伏せに、倒れているのが、発見された。

すぐ救急車が、呼ばれたが、男はすでに、呼吸を、停止していた。

胸にナイフが突き刺さっていた。明らかに、殺人である。

北海道警捜査一課の井崎警部が、この事件を担当することになった。

被害者の身元は、すぐに分かった。背広の内ポケットに、運転免許証が入っていて、そこから東京に住所のある、本間敬之助、五十歳であり、そしてまた、本間が、俳優協会に属する中堅の俳優であることも、すぐに判明した。

事件が、テレビで報道されると、今度は、中央テレビの柿沼というプロデューサーから、函館警察署に、電話がかかってきた。その電話で、本間敬之助が、中央テレビの、旅番組の中で、函館・湯の川温泉の収録に、来ていたことが分かった。

柿沼プロデューサーが、まだ、函館にいてくれたので、井崎警部は、捜査本部に来てもらった。

柿沼は、自分は、中央テレビの旅番組を担当していて、今回、函館と湯の川温泉を舞台にした旅番組を、作ることになり、本間敬之助と、女性アナウンサーのコンビで旅行をしてもらい、それを、収録したと説明した。

「実は、収録が、全て終わったところで、本間さんも、湯の川温泉で、ゆっくり温泉に浸かり、一泊してから、東京に帰るものだと思っていたんですよ。函館山に、夜景を見に行くとは、思いませんでした」

「すると、旅番組の収録のために、函館山に、夜景を見に行ったというわけではないのですね？」

「全然違います。今もいったように、昨日の夕方で、番組の収録は、全て、終わっていたのです。ですから、フリーの時間に起きたことなのです」

「本間さんは、初めて、函館に来たんでしょうか？」

「彼は、二十代から俳優を、やっていますから、これまでにも、何回か、ドラマの収録で、函館に来たことがある。そういっていましたね」

「そうすると、個人的な、知り合いが、函館にも、いるということでしょうか？」

「私と、アナウンサーの島崎あかね、それから、カメラマンと、音声担当、アシスタントディレクター、本間さんを入れて、全部で六人が、東京から来たんですが、途中の飛行機の中でも、いろいろと、おしゃべりをしましたが、本間さんから、函館に、知り合いがいるという話は、一度も出ていませんでしたね。ですから、たぶん、いないんじゃ、ありませんかね。ただ、何回も来ているから、行きつけの店などは、あったかもしれません」

「本間敬之助さんというのは、どういう人ですか？　俳優さんだということは、分かっていますが」

「一言でいえば、ベテラン俳優といったら、いいんですかね。若い頃は美男子だったので、なかなか、人気があったそうですよ。でも、若い頃の人気というのは、維持するのが難しいですからね。最近は、ドラマの脇役に、時々、出るくらいで」

柿沼は、それ以上は、いわずに、言葉を濁した。

「実は、東京の本間敬之助さんのご家族に連絡を取ろうと思って、先ほどから、何回か、電話をしているのですが、誰も出ないのですよ」

井崎警部が、いうと、柿沼は、

「本間さんは、奥さんとは、だいぶ前に、離婚していますからね。お子さんもいないので、全くの独り身だという話を、聞いたことがあります」

「奥さんとは、何年前に別れたのですか？」

「私が聞いている限りでは、五年前、いや、もっと前かもしれません」

「離婚の理由は、いったい、何でしょうか？」

「ウワサとして、聞いただけですから、本当かどうかは、分かりませんよ。私が耳にしたところでは、本間敬之助さんの女性関係が、原因だそうです。若い頃は、ずいぶんと、モテましたからね。それを、ずっと引きずっているのが、離婚の、直接の原因だということを、聞いたことがあります」

「そうすると、最近も、女性関係で、何か、トラブルになっていたようなことが、あったんでしょうか？」

「それは、私も、知りません。第一、私は、本間さんとは、それほど、親しくないのですよ。一緒に、仕事をするのも、今回が、初めてですから」

と、柿沼が、いった。

次に、井崎警部は、刑事をひとり連れて、亡くなった本間敬之助が、泊まっていたという湯の川温泉のホテルに、向かった。

そこで、フロント係から、井崎は興味のある話を、聞くことができた。

「昨日の夜の八時頃でした。ロビーに、本間敬之助さんと、もうひとり、若い女性の泊まり客が、いらっしゃったのですが、そのお二人から、タクシーを呼んでくれ、といわれたんです。函館の、夜景を見に行きたいとおっしゃるので、すぐにタクシーを手配いたしました」

と、いうのである。

「本間さんは、若い女性とタクシーで、函館の夜景を見に、行ったのですか？」

「そうです」

「その女性の名前、分かりますか？」

「宿泊者カードには、東京の早乙女みどり様と、なっています」

フロント係は、その宿泊者カードを見せてくれた。

なるほど、そこには、東京都世田谷区の住所と、早乙女みどりの名前が、記入されていた。

その女性が、ここに、泊まったのは、前日からである。ただし、今朝早くチェックアウトしたという。

「昨夜は、何時頃、この女性は、帰ってきたんですか？」

「それが、分からないのです。こちらのホテルでは、お客様が外出する時、いちいち部屋のキーを、フロントに預けないで、持ったままで、外出するようになっていますから、いつお帰りになったのか、全く分かりません。ただ、今朝は、朝食もお取りにならず、急用ができたからといわれて、お早く、チェックアウトされました」

フロント係が、説明する。

「朝早くというと、何時頃ですか？」

「たしか、午前六時頃だったと、思います。何でも、昨夜遅く携帯電話に、身内に不幸があったので、すぐ帰ってこいという連絡があったそうで、これからすぐ東京に帰らなければならないとおっしゃって、タクシーを、呼ばれたんです」

この女性が、犯人かどうかは、まだ分からない。ただし、容疑者第一号であることは間違いないと、井崎警部は、思った。

フロント係の話を確認するために、井崎警部は、昨夜の午後八時頃に呼んだタクシー会社と、今朝早く呼んだタクシー会社の名前と、電話番号を教えてもらって、話を聞くことにした。

すると、この二つのタクシー会社は、運転手は、違っていたが、同じ会社であることが分かった。このホテルと契約しているタクシー会社である。

井崎警部は、そのタクシー会社を訪ね、杉田(すぎた)と綿貫(わたぬき)という、二人の運転手に、話を聞くことにした。

昨夜の午後八時に、ホテルに、二人を迎えに行ったという杉田運転手が、こう証言した。

「私がホテルに着いたのは、午後八時頃です。ええ、五十代の男性と、二十五、六の若い女性のお二人をお乗せして、函館山に向かいました。麓で、お二人を降ろすと、お二人は、ロープウェイで山頂に登っていかれたと、思います。ここでお待ちしていましょうかといったところ、何時までいるか分からないので、帰っていいと、女の人にいわれました。それで、帰ったのです。その後のことは、分かりません」

「二人の様子は、どうでしたか？」

井崎が、聞いた。

「そうですね、女性のほうは、嬉しそうでしたよ。昔から、本間さんに憧れていて、その憧れがかなったので、嬉しくて仕方がない。そういっていました」

「男のほうは？」

「満更ではない、という顔をしていましたね。こちらも嬉しそうでしたよ」

「二人は、前からの、知り合いのように見えましたか？」

「いや、車の中で、憧れていた俳優さんに、初めて会ったとか、会えて良かったというような話を、していました。もちろん、女性の方は、男の人のことを、前から知っていたようですけど、俳優さんだという男の人は、その女の人に、初めて会った、そういう、感じでしたよ」

井崎警部が、次に会ったのは、綿貫という運転手である。

綿貫は、今朝六時過ぎに、ホテルに迎えに行き、女性を、乗せたという運転手である。

「正確なことを、お聞きしたいのですが、何時に、迎えに行ったのですか？」

「午前六時ちょっと過ぎ、おそらく、六時五、六分頃じゃなかったかと、思いますね」

五十代の運転手は、考えながら、慎重に答えた。

「乗せたのは、若い女性ですね？」

「ええ、そうです。二十五、六の女性でした」

「その女性ひとりだけでしたか？　例えば、男性の連れがあったとかいうことはありませんでしたか？」

「女性ひとりだけでした」

「それで、どこまで、送ったんですか？」

「JR函館駅です」

「車の中での様子は、どうでしたか？　その女性客と、何か、しゃべりましたか？」

「いや、何もしゃべりません。私は、お客さんと、おしゃべりをするのが好きなので、東京の方ですかとか、今回は、北海道旅行ですかとか、声をかけたのですが、全く答えてくれませんでした。乗る時に、JR函館駅まで、お願いしますといっただけで、その後は、会話が、全くないのです。サングラスをかけて、じっと、黙っていましたね」

と、綿貫運転手が、いった。

「函館駅に着いたのは、何時でしたか？」

「たしか、午前六時三十五分頃だったと記憶していますけど、正確なところは分かりません。だいたい、そのくらいの、時間でした」

「その女性客ですが、函館駅の中に、入っていったんですね?」

「そこまでは、見ていませんよ。何しろ、降ろしてからすぐ、タクシー乗り場のほうに、移動しましたから」

綿貫が、答えた。

4

今のところ、早乙女みどりという二十代の女性が、唯一の容疑者である。そこで、井崎警部は、警視庁に、彼女について調べてもらうことにした。

ホテルの宿泊者カードに書かれてあった東京の住所と、早乙女みどりという名前を書き、こちらで起きた殺人事件の容疑者なので、至急、この住所に、この早乙女みどりという女性が、いるかどうかを調べてほしい。もし、いたら、容疑者なので身柄を、確保してほしい。

ファックスで、そういう要望を、送った。

一時間後に、回答があったが、それはファックスではなくて、直接、警視庁捜査一課の十津川という警部から、電話が、かかってきたのである。

「実は、東京で殺人事件が、ありまして、その容疑者も、早乙女みどりという名前なんですよ」

いきなり、十津川が、いった。

「本当ですか？　早乙女みどりという名前は、あまりない名前ですが、同一人物でしょうか？」

「それは、まだ、分かりません。それから、そちらから、依頼のあった住所ですが、実在する住所で、マンションがありますが、そのマンションに、早乙女みどりという住人は、いませんでした」

「そうですか」

「ところで、刺殺された、ということですが、凶器は、見つかりましたか？」

「ええ、凶器は、アーミーナイフで、遺体に刺さったままに、なっていました。もちろん、指紋も、見つかりました」

「その指紋を、こちらに送って下さい。こちらで作った、早乙女みどりの似顔絵を、そちらに、送ります。そちらの容疑者と、似ているかどうか、確認してください」

十津川が、いった。

井崎が、いったん、電話を切ると、デスクの前に置いたパソコンに、警視庁捜査一課から、早乙女みどりの似顔絵が、送られてきた。こちらでも、ホテルのフロント係や、タクシーの運転手に協力してもらって、早乙女みどりの似顔絵を、作ってあった。

井崎は、すぐ、十津川警部に、電話をかけた。

「こちらでも、似顔絵を、作っていたのですが、ぴったり、一致します。間違いなく、同一人物です」

「うちのほうでも、指紋を照合しましたら、ぴったり一致しました。明らかに、同一犯による犯行ですね。こうなると、どうしても、合同捜査ということになりそうです」

十津川がいうと、井崎は、

「これからすぐに、そちらに、伺いますよ。実は、こちらで、殺された被害者も、東京の人間なので、どうしても、東京に行く必要がありますから」

5

井ノ口社長の、殺害現場で採取された指紋と、本間敬之助を刺殺したナイフから、採取された指紋が、一致したことによって、十津川は、井ノ口社長の秘書の速水亜紀と、課長補佐の及川雅之、そして整形外科医の今井優花の捜査を止め、早乙女みどりと名乗る若い女に、的を絞ることにした。

捜査本部で、十津川は、黒板に、

「井ノ口博也、六十歳、R製薬会社社長」

と、書き、それに並べて、

「本間敬之助、五十歳、俳優」

と、書いた。

さらに、その横に、

「早乙女みどり」

と、書いた。

その後で、十津川は、三上刑事部長に、自分の考えを、説明した。

「東京で、井ノ口博也という製薬会社の社長が殺され、今回、北海道の函館で、本間敬之助という中堅の俳優が殺されました。そして、どちらのケースでも、容疑者として、ここに書いた早乙女みどりという女性が、浮かんできています。ところが、この早乙女みどりは二人いて、本物の早乙女みどりは、すでに、死亡しています。二つの事件で、容疑者になっている早乙女みどりは、明らかに、ニセ者です。ただ、本物の早乙女みどりと、どういう関係なのかは、分かりません。本物の早乙女みどりは、北海道の室蘭市母恋町というところで、生まれていますが、調べていくと、現在、家族は、すでに死亡していて、彼女自身も、高校を出るとすぐに上京、その後、東京で暮らしていたようです。その間に、娘を生んだかどうか分かりません。したがって、ニセ者の早乙女みどりが、本物の早乙女みどりの娘かもしれませんが、確証はありません」

「続けて、二人の男が殺されているが、二人の被害者と、早乙女みどりとの間に、何か関係があるのか？」

　三上刑事部長が、聞く。

「今のところ、全く分かりません。ただ、五十歳で、東京で死んだ、早乙女みどりですが、彼女は、水商売の経歴が長くて、六本木や銀座でクラブのママを、やっていましたから、政治家や、実業家、あるいは芸能人なんかも、よく、飲みに来ていたそうです。殺された二人、井ノ口博也と、本間敬之助も、彼女の店に、飲みに行っていたのかも、しれません」

6

　道警の井崎警部が、急遽（きゅうきょ）、函館から飛行機を使って、こちらの捜査本部に、やって来た。

　十津川が、これまでに、分かったことを、井崎に説明した。

「そうすると、東京で殺された、井ノ口博也という製薬会社の社長も、今回、函館で殺された本間敬之助という俳優も、どちらも、早乙女みどりという女性がやっていたクラブの、常連客だったのでしょうか？」

井崎警部が、十津川に聞く。

「こちらで調べたところ、井ノ口博也という製薬会社の社長は、間違いなく、早乙女みどりが、ママをやっていた、六本木や銀座のクラブの常連客でした。早乙女みどりという女性ですが、三十年近くも、六本木や銀座で働いていたのです。ホステスとして、働いていた時もありますし、店を持ってママをやっていた時もあります。その三十年間を、考えると、親しくなったお客の数も、五、六人ということはないでしょう。少なくとも、二十人、三十人という数だと思うのです。その二十人、三十人が、これから、殺されていくのかというと、そんなことは、ちょっと、考えられません」

「たしかに、そうですね。何十人もの人間が、続けて、殺されていくことは、考えられません」

「今回殺された、本間敬之助という、五十歳の、俳優ですが、この男についても、早乙女みどりとの関係を、調べる必要があります」

「その捜査に、私も、同行させていただけませんか？」

井崎が、十津川を見た。

翌日、十津川と亀井に、道警の、井崎警部が同行して向かったのは、本間敬之助が、所属していた芸能プロダクション、東京スタークラブだった。

新宿の雑居ビルの中に、事務所がある、小さな、プロダクションだった。

社長の脇田満（わきたみつる）という男に、話を聞いた。現在、六十歳の脇田自身も、最近まで、俳優をやっていたという。

「本間敬之助の件は、本当にショックでした。最近は、正直いって、仕事にも恵まれず、あまり、売れていませんでしたが、同じ脇役をやっていた私から見ると、渋みのある、いい味を出す、うまい俳優だったんですよ。きっと、そのうちに、脇役として、売れてくる。密（ひそ）かに、期待していたのに、こんなことになって、残念です」

と、脇田が、いう。

「本間さんは、若い時は、大変な美男子で、売れっ子だったそうですね？」

十津川が、聞いた。

「そうなんですよ。私と同じ頃に、本間もこの世界に入ったんですが、若い頃の彼の人気たるや、それは素晴らしいものが、ありましたよ。どういうわけか、歳を取るとともに仕事が減り、人気が、下がっていきましてね。本間自身も、そのことに相当悩み、二枚目俳優から、演技派への変身を考えていたようですよ」

「女性関係が、派手で、そのために奥さんと、離婚したと聞いたのですが、それは本当ですか？」

「半分は、本当ですよ。今もいったように、若い頃、本間は、やたらに、モテましたからね。その頃に、結婚したんですが、人気が落ちてくると、Ｄ　Ｖ（ドメスティック・バイオレンス）と、いうんですか、特に、お酒を飲んで、酔っ払うと、それがひどくなって、とうとう離婚することになってしまったんです」

「そうすると、本間さんは、ここ数年、独身でいるわけですね？　その間に、女性関係もあったと、思うのです。例えば、この女性と何らかの、関係があったんじゃありませんか？」

十津川は、六本木や銀座で、店をやっていた早乙女みどりの写真を、脇田に、見せた。

「彼女の名前は、早乙女みどりです。銀座や六本木でクラブのホステスやママをやっていた女性です。三十年近く水商売をやっていたので、有名な政治家や実業家、あるいは、本間さんのような芸能人などの常連客が、多かったといわれているのです。彼女は、銀座で、『みどり』という名前の店をやっていました。彼女の店に、本間さんが、よく行っていた、常連客だったということは、ありませんか？」

「この女性なら、知っていますよ。夜の六本木や銀座では、かなりの、有名人でしたからね。私も何回か、彼女が、ママをやっていた店に行ったことがあります。といっても、自分の金で、飲むには、少しばかり、高級な店だったので、たいてい、スポンサーさんに、連れていってもらったのですがね」

脇田は、話しながら、笑った。

「本間敬之助さんも、その店に、よく行っていましたか？」

「本間も、昔はよく、行っていたと思います。でも、最近はめったに、顔を出していないんじゃないですかね。常連客ということは、ありませんよ」

「それは、どうしてですか？」

「本間が売れていた頃は、何回も行ったと思いますが、最近は、収入も少なく、行きたくても、遊びに行けなかったと思いますね」

　十津川としては、脇田の言葉を、そのまま、信用するわけにはいかなかった。

　脇田が、社長をやっている東京スタークラブという、小さな芸能プロダクションに、本間敬之助は、所属している。だからといって、飲みに行く時、今晩は、どこどこに、行くと、いちいち社長に断りはしないだろう。

　本間自身は、社長には内緒で、六本木や銀座に、足を延ばしていたかもしれないからである。

　そこで、十津川は、本間敬之助と、同じ年代で、同じような、立場にいる、これも、脇役専門の土屋信雄というベテランの俳優に、会うことにした。

　土屋は、江東区の２ＤＫのマンションに、妻で、同じように、脇役専門の女優と一緒に住んでいた。

　妻は、金井敬子という、こちらのほうも、五十代の女優だった。本間敬之助の死には、二人とも、ショックを受けていた。

「私たち警察は、一日も早く犯人を、見つけようとして、懸命に、捜査しているのですが、早乙女みどりという名前に、何か、心当たりは、ありませんか？　亡くなった本間敬之助さんから、この名前を、聞いたことはありませんか？」

十津川が、聞いた。

「どういう女性なんですか？」

土屋が、聞いた。

どうやら、土屋は、本間敬之助から、早乙女みどりという名前は、聞いたことが、ないらしい。

「六本木や銀座で、クラブを、やっていた女性です。なかなかの美人で、三十年近くも、水商売で働いていたので、多くの有名政治家や芸能人に、知り合いがいると思われます。本間敬之助さんも、彼女がやっていたクラブに遊びに行ったことが、あったのでは、ないでしょうか？」

十津川は、土屋夫妻に、聞いた。

「彼から、早乙女みどりという名前を、聞いたことは、ありません。それに、最近の彼は、私同様、あまり売れていませんでしたから、高級なクラブに、飲みに行くことは、ほとんどなかったんじゃないかと、思いますよ。ただ、三十代の売れっ子の時は、毎日のように、飲みに行っていたのでは、ありませんかね？　その頃の彼については、私は、よく知らないんですよ」

　土屋が、いった。

　妻で女優の金井敬子は、こんなことをいった。

「いつだったか、本間さんと一緒に、テレビドラマに出たことが、あるんですよ。その時に、聞いたんですけど、三十代の頃は、やたらにモテて、特に、水商売の女性に、モテたそうで、ずいぶん、無茶な遊びもしたと、いっていましたね。その頃のこと、本間さんは、少し、酔っていたので、銀座で飲んでいて、その店の、ママさんを助けて、ヤクザと、ケンカをしたことがある。ボコボコに殴られて、二日間、病院に、入院したといっていましたけどね」

「その話、本間敬之助さんが、三十代の時ですか？」

「ええ、本人は、三十七、八歳の頃だと、いってました」

と、敬子が、いった。

　十津川は、その事件を、調べてみる気になった。

　三十代の頃、本間敬之助は売れっ子で、数多くのドラマに、主役として、出ていたということを、聞いている。その人気俳優が、もし、本当に、銀座でヤクザとケンカしたということがあったとすれば、ニュースに、なっていたはずである。

　そこで、十津川は、亀井と井崎を連れて、芸能とスポーツの専門雑誌を、出している出版社に行って、話を、聞くことにした。

神田にある、「芸能&スポーツ」という雑誌を出している出版社である。

そこの、芸能記者のひとりに、本間敬之助が三十代の頃の武勇伝について話を聞くと、その芸能記者は、笑って、

「あの事件なら、よく、覚えていますよ」

「本当に、今回殺された、本間敬之助さんが、関係していた事件なんですか?」

十津川が、聞き、道警の井崎警部も、

「どんな事件なのか、教えてください」

「たしか、あれは、銀座のクラブでしたよ。小さいが、ママが美人だということで、人気のある店で、たしか、店の名前は『みどり』だったんじゃないかな」

「店の名前は、『みどり』ですね? 間違いありませんか?」

「ええ、たしかに『みどり』でした。本間敬之助も、当時は三十八歳で、その頃の彼の人気は、たいしたものがありました。何人かの取り巻きを連れて、その店で、飲んでいたんですよ。その店で、ヤクザの、K組の幹部も、飲んでいて、その店のママさんは、名前はみどりさんといったんじゃなかったかな?」

「ちょっと、待ってください。ママの名前は、もしかして、早乙女みどりでは、ありませんか?」

「ええ、たしか、その、名前でした」

「それから、どうなったんですか？」

「態度が生意気だといって、K組の幹部が、いきなりママさんの顔を、殴ったんですよ。そうしたら、本間敬之助が、突然、ママに手を出すなと叫んで、男に、向かっていったんです。本間敬之助にも、取り巻きがいたといっても、所詮は、素人の、集まりですからね。K組の幹部のほうは、組員を、三人ばかり連れていたので、本間敬之助は、ボコボコに、殴られて、一時、近くの病院に、入院しましたよ」

「それから、どうなりました？」

「本間敬之助が所属していた、プロダクションの社長が、K組と、話をつけたんじゃないんですかね？　一応、仲直りはできたので、それでこの事件は、丸く収まったんですよ。双方とも、訴えたりは、しませんでしたからね」

「本間敬之助は、三十八歳の時に、ママを助けて、大立ち回りをした。そういうことですか？」

「ええ、酔っていたからできたんでしょうね」

「それでは、その店の、ママの、早乙女みどりさんは、本間敬之助さんに、感謝したでしょうね？」

「ええ、それは、感謝したと思いますね」

「それで、二人の間が、親密になって、本間敬之助のほうは、奥さんと、離婚することになってしまった。そういうことは、ありませんか？」

「それは分かりません。何しろ、十二年も前の話ですから」

と、いってから、芸能記者は、こんな話もした。

「その事件があってから、不思議なことに、本間敬之助の人気が、落ちていったんですよ。本来なら、人気が、上がらなければいけないのにです。ただ、人気が落ち、収入も減った後も、あのクラブには、出入りしていたようです。ママも、自分を助けてくれた人だから、飲み代はツケでもいいと、いっていたそうです。それが十年以上も続いて、さすがに出入りを差し止めにされたというウワサを、聞いたことがあります。銀座も、ここ五、六年は、不況のあおりで、客足が鈍っていますから、経営も苦しいところばかりだと聞きますし、ママも回転資金にさえ、困っていたという話もありました」

話を終えて、外に出ると、井崎は、興奮した顔で、

「これで、本間敬之助と、早乙女みどりとの関係が分かりましたね。ママのみどりは、昔、自分を助けてくれた本間を、ツケで飲食させていたが、それが大きな負担になって、感謝どころか、厄介者視することになり、出入りを禁じたわけですね。当然、本間は、みどりを恨んでいたんでしょうし、みどりにしても、経営が苦しい中で、本間の無銭飲食を、許しておくわけには、いかなくなったのでしょうね。東京で殺された井ノ口博也

という製薬会社の社長とも、早乙女みどりという女性は、関係が、あったわけでしょう？　これで、捜査は大きく進展するんじゃありませんか？」

その意気込みの強さに、十津川は、苦笑して、

「たしかに、捜査は、前進するかもしれませんが、問題の早乙女みどりという女性は、もう、死んでしまっているのです。つまり、彼女は犯人になりえないんですよ」

「しかし、ニセ者の早乙女みどりがいるじゃありませんか。彼女は二十五、六歳で、本間敬之助を殺したのも、そのニセ者の、早乙女みどりで間違いないのですから、この早乙女みどりが見つかれば、事件は、解決したようなものじゃ、ありませんか？」

井崎は、相変わらず、興奮した口調である。

その日、夜になってから、十津川は、死んだ早乙女みどりのことを、よく知っていて、現在も、六本木や銀座で、クラブを経営しているママ二人に話を聞くことにした。これにも、道警の井崎警部が同行した。

最初に行ったのは、銀座四丁目で、「クラブ亜紀（あき）」をやっている松永（まつなが）亜紀という五十五歳の女性だった。同じく銀座で、ママをやっていた早乙女みどりとは、親しかったという女性である。

「今回、函館で、本間敬之助という中堅の俳優が、殺されました。北海道で、この事件の捜査に当たっているのが、こちらの井崎警部です」

と、十津川は、紹介した後、

「この本間敬之助という俳優さんですが、実は、今から十二年前ですが、早乙女みどりさんが、ヤクザの幹部に絡まれていた時、幹部に向かっていって、彼女を助けたことがあると聞いているんですが」

と、いうと、亜紀は、ニッコリして、

「ええ、その話でしたら、よく知っていますよ」

と、いった。

「知っているんですか？」

井崎は、急に、ひざをのり出した。

亜紀は、またニッコリ笑って、

「常連さんが、ママを助けた。それに、相手は、ヤクザの幹部さんでしょう？　結果的に、お客さんは、ケガを負わされてしまいましたけど、素晴らしいお客さんだというので、このあたりでは、大変な、評判になったんですよ」

「じゃあ、助けてもらった早乙女みどりさんも、感激したんじゃありませんか？」

亀井が、聞いた。

「そりゃあ、感激しましたよ。あの頃は、顔を合わせるたびに、みどりさん、感激のしっ放しでしたよ。あの事件を、きっかけに、愛人関係になって、ひょっとして、二人は結婚するんじゃないかと思いましたけど、お客さんの、本間さんには奥さんがいたし、結婚はできなかったんです。五年前に、本間さんは離婚したんですが、その頃には、二人の愛も冷めていたんじゃないかしら。でも、本間さんの人気に陰りが出てきて、収入も減り、取り巻きの人たちもいなくなったんですが、みどりさんは、ツケで、飲ませていたんです。この不景気の折に、よくそこまで面倒を見るものだと、ママさんたちの間で、話題になっていたんです。それが、ここ二、三年、みどりさんは、なぜか、本間さんについて、しゃべらなくなっていました。去年の夏に、本間さんを出入り禁止にしたと、みどりさんから、聞きました。なんでも、一千万円近い、ツケが残ったままで、さすがに腹にすえかねたと、いっていましたが、哀しそうな顔も、していましたよ」

と、亜紀が、いった。

「それでは、早乙女みどりさんが、本間敬之助さんのことを、恨むようなことはありませんね？」

と、井崎が、聞いた。

「恨む？　そんなこと、あるはずがないじゃありませんか？　みどりさんは、こういう商売をやっていても、どこか、真面目なところがあるから、本間さんのことを恨むどころか、むしろ、ずっと、恩義を感じて、面倒を見ていたんですよ。不景気で売り上げも落ち、ホステスも、辞めさせなければならないほどなのに、長い間、ツケで飲ませていたわけですからね。本間さんは、男気のある俳優さんだと思っていたけど、実際は、ケジメのない酒乱だったのよ」

次に十津川たちは、六本木に移動し、六本木ヒルズの近くで、これも、クラブをやっている三浦邦子という女性に会いに行った。

早乙女みどりは、六本木に店を出したことがあって、その時に、二年ほど、彼女と親しくしていたという。

邦子も、十二年前の本間敬之助の武勇伝をよく知っていた。

「本間敬之助さんが、あまり売れなくなってからも、週に二、三回は、飲みに来ていました。みどりさんは、本間さんを、とても大事にしていて、ツケで飲ませていましたが、本間さんは、全く支払いをしなかったので、最後には、堪忍袋の緒が切れて、出入り禁止にしたそうです。それまでにたまっていた多額の飲み代は、手切れ金として、請求しなかったそうです」

「そうなると、早乙女みどりさんが、本間敬之助さんを恨むようなことは、ちょっと、考えられませんね？」

十津川が、聞くと、邦子は、笑って、

「もちろん、そんなこと、考えられません。むしろ本間さんの方が、出入り禁止にされて、逆恨みすることはあるんじゃないかしら。俳優業がうまくいかず、自暴自棄になって、お酒ばかり飲んで、クダをまいていたそうですよ」

それが、返事だった。

三人は、捜査本部に戻ったが、十津川は、少しばかり不機嫌になっていた。

今回、函館で殺された、本間敬之助という脇役の俳優が、三十八歳の時、当時、銀座でクラブのママだった早乙女みどりを守ろうとして、ヤクザの幹部と、ケンカをして、ボコボコにされてしまった。これは事実だとわかった。

東京で殺された、井ノ口博也と同じように、早乙女みどりと親しかったのだ。

それどころか、本間敬之助の場合は、早乙女みどりに感謝されていた。

それでは、早乙女みどりと名乗る若い女は、なぜ本間敬之助を、殺したのか。

若い女が、早乙女みどりの娘だとすると、最近、出入り禁止にしたといっても、永い間、母親が感謝し、面倒を見ていた男を、殺す理由はないはずだ。これでは、動機がなくなってしまう。

それで、十津川は、不機嫌になっていたのだ。

そのうちに、十津川は、その不機嫌さを言葉に出して、道警の井崎警部に、いった。

「東京で殺された井ノ口博也という製薬会社の社長ですが、やたらに、奢るのが好きな性格でしてね。銀座で、店をやっていた早乙女みどりのクラブにも、大勢引き連れて飲みに行って、大騒ぎを、していたそうなんですよ。店のママから見たら、ありがたいお客だから、早乙女みどりが、恨んでいたというのは、考えられないのですよ。今回の本間敬之助という俳優も、金銭面では、迷惑をかけていても、ママの恩人という存在で、恨みを抱くようなことは、考えられません。この二人が、なぜ、早乙女みどりと名乗る女に、殺されてしまったのか、全く分からなくなってしまった。殺人の動機がないんですから」

「きっと、われわれの知らない、何か、深い理由というか、動機が、あるのではないかと、私は、考えますが」

井崎警部も、迷っている感じだ。

このままでは、捜査が、壁に、ぶつかってしまうだろう。

第四章　深夜のビル

1

銀座×丁目にある五階建ての雑居ビルは、以前は、ＡＫビルと、呼ばれていた。ＡＫ不動産が、所有していたからである。

それが、最近になって、瀬戸（せと）ビルと名前を変えた。五十歳の独身女性、瀬戸晴子（はるこ）が、十二億円を出して、このＡＫビルを、買ったのである。

瀬戸ビルと名前を変えた五階建てのビルは、一階が宝石店、二階がフランス料理店、三階が喫茶ルーム、そして、四階がクラブになり、それぞれの店舗を、瀬戸晴子が社長を務める、株式会社瀬戸企画が、貸していることになっていた。

そして、最上階の五階は、瀬戸企画の社長室に、変わっていた。

今日は、一階から四階までの、各店の家賃が振り込まれている。それを、ビルのオーナー、瀬戸晴子は、帳簿に、つけていた。

すでに、午前零時を過ぎている。途中でひと休みして、晴子は、携帯で、自家用車の運転手に、連絡を取った。

「あと十二、三分で終わるから、その時間になったら、ビルの正面玄関に、車をつけておいてちょうだい」

晴子は、昔から、銀座のビルの、オーナーになるのが夢だったから、それが実現した今は、忙しいが、それだけに充実感があって、楽しいのである。

帳簿をつけ終わると、晴子は、立ち上がり、お気に入りの、シャネルのバッグを持って、社長室を出た。

鍵をかけ、ゆっくりとエレベーターのところまで歩いていく。一階から四階までの、どの店舗も、すでに、営業を終えて閉まっているから、五階建てのビルは、シーンとして、静かである。

エレベーターの前まで来て、晴子の表情が、急に、険しくなった。

エレベーターの乗り場に、若い女が、立っていたからである。

「あなた、誰なの？『クラブ花園』のホステスさん？」

晴子が、声をかけた。

「クラブ花園」は、四階に入っている、クラブである。そこで働くホステスが、酔っ払って、間違えてエレベーターで五階に上がってきてしまい、酔い潰れてしまうことが、何度かあったから、この女性もかと、晴子は思ったのだ。

しかし、目の前にいる若い女は、ホステスのようには、見えなかったし、酔ってもいなかった。

「瀬戸晴子さんですね？」

女が、聞いた。

「ええ、このビルの、オーナーですけど、私に何か？」

晴子が、いった時、女は、突然、背中に隠していた弓を、取り出した。ボウガンである。

鋼鉄製の矢が、鈍い光を放ち、晴子の胸を狙っていた。

「何をするのよ！」

恐怖を感じた晴子が、怒鳴った時、女が、引き金を、引いた。

二メートルの至近距離である。鉄製の矢は、容赦なく、晴子の胸に、突き刺さり、深く食い込んだ。

晴子は、掠（かす）れた悲鳴しか出すことができなかった。食い込んだ矢の勢いに押された形で、晴子は、仰向（あおむ）けに、倒れた。

女は、ゆっくりと、二本目の矢を取りつけ、弦を引いて、セットした。

まだ、息のある晴子は、恐怖で広がった目で、自分に近づいてくる女を、見た。

女は、ゆっくりと、倒れている晴子の胸にもう一度、ボウガンを向け、また、引き金を引いた。

二本目の鋼鉄製の矢が、晴子の胸に、突き刺さった。

女は、ボウガンを、晴子の胸の上に、投げ捨ててから、ゆっくりと、エレベーターに乗り込んだ。

一階に着く。

女は、壁についている火災報知機を押した。報知機が鳴り響く。

ビルの正面に、ベンツを停めて、瀬戸社長が出てくるのを、待っていた運転手は、ビックリして、ビルの中に、飛び込んでいった。そのまま、エレベーターに乗って、社長室のある五階に上っていく。

入れ替わりに、女は、落ち着いた足取りで、ビルの外に出ると、地下鉄の入口に向かって歩いていった。

2

殺された瀬戸ビルのオーナー、瀬戸晴子の胸の上に捨てられていたボウガンから、犯人の指紋が、検出された。

その指紋は、井ノ口博也殺人事件現場の、カラオケクラブのマイクから採取された、犯人と思われる女の指紋、さらに、本間敬之助を刺したナイフの指紋と、同一だったので、三人目のこの事件も、十津川班が、担当することになった。

被害者、瀬戸晴子の死体は、すでに、司法解剖のために、病院に、運ばれていた。

十津川は、瀬戸ビルの五階にある、社長室に入って調べることから、この事件の捜査を、開始した。

社長室の壁には、このビルが、新しく瀬戸ビルと命名された時の写真が、何枚か、飾ってあった。

今年の三月十日が、瀬戸ビルのオープンの日になっていた。

「殺された瀬戸晴子は、十二億円で、この雑居ビルを買って、オーナーに、なったんだそうですよ」

瀬戸ビルの周辺で、深夜まで営業している店で、聞き込みを続けていた若い西本(にしもと)刑事が、手帳を見ながら、十津川に、いった。

「被害者は、それまで、いったい、何をやっていたんだ？」

「銀座七丁目にある、十階建てのAビルの四階に、『クラブ香里(かおり)』という店があるのですが、その店で、雇われママをやっていたそうです」

「ママをやっていた女性が、いきなり、ビルのオーナーか？　それにしても、十二億円だろう？　そんな金がよくあったな」

「おそらく、金持ちのスポンサーがついたんでしょうね。ウワサでは、二億円は自己資金で、残りの十億円は、F都市銀行から、このビルを担保に、融資を受けたと、いわれています」

十津川は、もう一度、壁に貼られた瀬戸ビルのオープンの日、今年三月十日の写真に、目をやった。

「祝・瀬戸ビルオープン」という横断幕が掲げられ、ビルの前には、お祝いの花輪が、ズラリと、並んでいる。

十津川は、ひときわ大きな花輪が、井ノ口博也の名前になっているのを見つけ出した。今回の一連の殺人事件で、最初に、カラオケクラブで、毒殺されたのが、井ノ口博也だった。

しかし、二人目の被害者、本間敬之助の名前の花輪は見当たらなかった。

司法解剖の結果が、出た。

死因は、二本の鋼鉄製のボウガンの矢が、瀬戸晴子の胸に突き刺さって、その一本が、心臓に達していたことによる、失血死と判明した。死亡推定時刻のほうは、午前零時から一時の間とされた。

瀬戸晴子から命じられて、彼女を待っていた運転手が、火災報知機の音にビックリしてビルの中に飛び込み、社長室のある五階に、エレベーターで上がっていき、エレベーターホールで、社長が、仰向けに倒れて死んでいるのを、発見したのが、まさに、その時刻だった。

警察は、犯人が使用した、ボウガンの威力を、検証することにした。

現在、ボウガンは、危険なので、市販はされていないが、なぜか、通販では、簡単に手に入るのである。たぶん、今回の犯人も、通販で、購入したのだろう。

試し撃ちをしてみると、その威力は、かなり強力で、数メートル離れたところからでも、厚さ数センチの板を、撃ち抜いてしまうことがわかった。

その強力なボウガンを、犯人は、おそらく、二メートルぐらいの至近距離で、瀬戸晴子の胸に向かって、撃ったに違いなかった。

その日の捜査会議は、いつもとは、少し違った雰囲気の中で、開かれた。

犯人が、すでに、はっきりと、分かっていたからである。

十津川は、その名前を、黒板に書いた。

「早乙女みどり（自称）。年齢二十五、六歳。身長百六十五センチ。体重四十五、六キロ」

第一の殺人の時、この早乙女みどりと一緒に、カラオケを歌った三人の男女の協力で、犯人、早乙女みどりの似顔絵が、作られた。

十津川は、それを、黒板に貼りつけた。

「これまでに、三人の男女が、殺されました。一人目は、井ノ口博也、六十歳、製薬会社の社長です。カラオケクラブで、毒殺されました。二人目は、本間敬之助、五十歳、中堅の俳優ですが、この本間敬之助は、北海道の函館で殺されました。今回の三人目の被害者、瀬戸晴子は、五十歳で、銀座の、雑居ビルを購入し、瀬戸ビルと名づけて、オーナーになっていましたが、そのビルの中で、殺されました。この三人はいずれも、早乙女みどりという女性に、殺されたと考えられます。この三つの事件は、全て殺しの方法が、違っています。井ノ口博也の場合は、青酸カリを、使った毒殺です。二番目の本間敬之助の場合は、ナイフで、刺し殺され、今回は、強力なボウガンを使って、瀬戸晴子を、殺しています。殺人の方法は全て違いますが、犯人が、同一の指紋を、残しているところから見て、犯人は、早乙女みどりと、断定してもいいと思います」

「しかし、この早乙女みどりという女性は、偽名なんだろう？」

三上が、聞く。

「その通りです。早乙女みどり本人は、今回の一連の殺人事件が起こる前に、すでに、亡くなっています」

「その早乙女みどりと、ニセ者の早乙女みどりとは、どんな関係なんだ？」

「二人が、どういう関係に、あるのかは、今のところ、分かっていませんが、二人とも、北海道の母恋という町の出身であることは、間違いないと思われます。正確にいえば、室蘭市母恋町です。本物の早乙女みどりは、地元の高校を、卒業するとすぐに上京し、主として水商売で働いていて、銀座、六本木などで、クラブのママをやっていたことは、分かっていますが、突然、亡くなっています。その死については、心臓発作による病死となっていますが、これからも、引き続いて、調べてみたいと思っています」

「これから、どう捜査を進めたらいいのか、君の考えが知りたい」

三上が、十津川に、いった。

「私は、三つの問題について、捜査を進めたいと、思っています。第一は、今までに殺された三人、井ノ口博也、本間敬之助、そして、瀬戸晴子、この三人に、どんな共通点があるのか？　それが分かれば、今回の犯行の動機が、分かると思っています。第二は、ニセ者の早乙女みどり、この女性の身元を確認することです。この女が、なぜ、すでに、死亡している早乙女みどりの名前を使って、殺人を犯しているのか？　これも、知りたいことの一つです。そして、第三は、この若い早乙女みどりと、本物の早乙女みどりとの関係です」

3

十津川は、まず、殺された瀬戸晴子と、早乙女みどりの関係から調べることにした。

瀬戸晴子は、去年まで、銀座のバーの雇われママでしか、なかった。

それが、今年になってから、突然、自分の名前を冠した瀬戸企画という会社を作り、自宅も、四谷(よつや)三丁目の中古2DKのマンションから、武蔵小金井(むさしこがねい)の一戸建ての住居に移った。

最近、以前に比べて土地が安くなったといわれているが、それでも、この武蔵小金井の家は土地、住居付きで、値段は一億二千万といわれている。

瀬戸晴子は、この家に、お手伝いの、六十歳の斎藤敦子(さいとうあつこ)、それから、運転手の男と三人で住んでいる。しかし、この二人は、晴子が家を買ってから、雇ったというから、瀬戸晴子のことは、ほとんど知らないだろう。

今年の二月の末になって、銀座の五階建てのビル、AKビルを十二億円で買い取ったのである。

そして、AKビルから、瀬戸ビルと名前を変え、一階から四階まで、さまざまな職種のテナントを入れ、五階の最上階は、瀬戸企画の社長室になった。

突然の、大変身である。

大金持ちのスポンサーがついたのではないかという人もいれば、雇われママをやりながら、コツコツと、金を貯めていたのかもしれないという人もおり、晴子本人は、株で儲けたのだといっていたが、この晴子の話を、信用する者は、ほとんどいなかった。

十津川は、瀬戸企画の経営顧問をやっていた樋口三郎に会って、話を聞くことにした。

五十歳の樋口は、銀座周辺の不動産の斡旋の仕事もしている男である。晴子が買い取った銀座のAKビルも、樋口が斡旋したものだった。

「あのビルを、瀬戸晴子さんに紹介したのは、あなただそうですね？」

十津川が、聞くと、樋口は、うなずいて、

「瀬戸さんが、どうしても、銀座でビルのオーナーになりたい。そういうので、予算に合った物件を、探しましたよ。気に入ったビルが見つかり、念願がかなって、自分の名前をつけたビルを持つことができて、瀬戸さんも、とても、喜んでいたんですけどね。まさかこんなことに、なるなんて、思ってもいませんでした」

「瀬戸晴子さんとは、古いつき合いなんですか？」

「いや、もともと、直接のつき合いは、なかったんですよ。私の事務所が銀座にあって、不動産紹介もやっていたんです。瀬戸さんとは、三年ほど前、パーティの席で、弁護士をやっている友人から紹介されて、知り合ったのです。その後、何度か、瀬戸さんから、銀座の店の、経営の相談をされたりしていました。将来、自社ビルを持ちたいので、その時はよろしくと、頼まれていました。今回、長年の夢をかなえるといって、私に、物件を探してくれと、頼んできたんです」

「瀬戸晴子さんは、あの五階建てのビルを、現金で、買ったのですか？」

十津川が、聞くと、樋口は、笑って、

「もちろん、現金を十二億円も、持ち運べませんから、銀行小切手を、使いましたよ。なんでも、二億は自分の金で、あとは、ビルを担保にした銀行融資だと、いっていました。私も、その売買には立ち会いましたが、瀬戸さんが、どうして、そんな大金を、用意できたのか、私には分かりません」

樋口は、十津川を見透かすように、先回りして、いった。

十津川は、次に、「室蘭新報」の記者が送ってくれた、本物の早乙女みどりの、顔写真を見せた。

「樋口さんは、この女性を、ご存じありませんか？」

「この女性でしたら、昔から、よく知っていますが。名前はみどりとしか、覚えていません」

「名前は、早乙女みどりです。銀座や六本木で、クラブのママを、やったりしていた人なんですが」

十津川が、いうと、樋口は、うなずいて、

「ええ、この人のやっていたクラブに、飲みに行ったことが、何度かありますよ。実は、瀬戸晴子さんから、六本木のクラブのホステス時代に、客の人気を競っていた女性が、高級クラブをやっているからと、紹介されて、行ったことがあるんです。なにしろ、一見の客は入れないという、高級クラブですから、忘れることはありませんよ。瀬戸さんも、そのママとは、親しく口を利いていましたが、ライバル心は持っていたようで、『私もいつかは、彼女のように女性社長になりたい』と、いっていましたね。瀬戸さんの、ホステス時代のひいき客も、『みどり』に移ってしまったと、嘆いていました。そして、『みどり』の客とは、ほとんど馴染みだといっていて、来ていたお客さんたちと、親しそうに、挨拶を交わしていましたから、本当のことだろうと思ったものです」

十津川は、次に、ニセ者の早乙女みどりの似顔絵を、樋口の前に置いた。

「この人は、どうですか？　ご存じありませんか？」

「どういう人ですか？」

「瀬戸晴子さんを、殺した容疑者です」

十津川が、いうと、樋口は、ビックリしたような顔で、

「この女性がですか？　どうして、瀬戸さんを殺したんですか？」

「われわれも、今、それを、調べているところです。この女性の顔を、どこかで、見た

ことがありませんか？　例えば、武蔵小金井の瀬戸社長の家に、突然、訪ねてきたことがあるとか、銀座の瀬戸企画に、やって来たことがあるとか、そういうことは、ありませんでしたか？」

「いや、知りませんね。私には、この顔に見覚えがないんですよ。それに、そういう女性が訪ねてきたという話を、瀬戸さんから聞いたこともありません」

「それでは、この人たちのことは、知りませんか？　ひとりは井ノ口博也、六十歳で、製薬会社の社長なんです。それともうひとりは本間敬之助、五十歳。この人は俳優です。この二人に、会ったことがありますか？」

「その二人が、どうかしたのですか？」

「この二人は、最近、立て続けに殺された、殺人事件の、被害者です。井ノ口博也のほうは、東京のカラオケクラブで、毒を飲まされて殺されました。使われたのは、青酸カリです。本間敬之助のほうは、北海道函館の函館山で、ナイフで刺殺されました。この二つのケースも、容疑者は、この似顔絵の、女性だろうと、考えているのです。この二人と、瀬戸社長とは、面識があったのではないかと、思うのですが、どうですか？」

「本間敬之助という俳優さんのことは、知りませんが、井ノ口社長のほうは、瀬戸さんと面識があったんじゃないかと思いますよ。たしか、瀬戸ビルのオープンの時にも、井ノ口社長から、大きな花輪が、届いていましたから」

「樋口さんは、井ノ口博也さんに、会ったことがあるんですか？」

「ええ、一度だけ、ありますよ。瀬戸ビルのオープンの後、瀬戸さんが、花輪のお礼に行くというので、一緒に、行きました。その時に、井ノ口社長に、お会いしています」

「井ノ口社長が、瀬戸晴子さんの、スポンサーではないかというウワサも、あるようですが、樋口さんは、その点、どう思われますか？　あのビルを買った資金の一部は、井ノ口社長が、出したのではないかというウワサなんですが」

十津川が、いうと、樋口は、大きく手を振りながら、笑って、

「いや、それは、ないでしょう。井ノ口社長の話では、銀座や六本木で、飲んでいて、その時に、ホステスをやっていた、瀬戸さんと知り合ったんだそうですよ。気に入ったので、瀬戸ビルのオープンの時には、花輪を贈った。しかし、それだけの関係で、他人がウワサをするような、そんな深い関係はないと思いますよ。これは、その時に感じたのですが、井ノ口社長が、ホステスの時の瀬戸さんに好意を持ったとしても、何億もの金を出したりは、しませんよ。実業家というのは、いざとなると、シビアですから」

4

十津川は、もう一度、五十歳で死んだ早乙女みどりのことを調べ直してみることにし

た。

前に、簡単に調べただけで済ませてしまったのは、連続殺人事件が起きる前に、すでに早乙女みどりが、亡くなっていると分かったからである。

つまり、現在、連続して三人の男女が殺されたが、本物の、早乙女みどりが、この三人を殺した真犯人であることは、時間的にあり得ないからである。

ここに来て、十津川は、もう一度、本物の早乙女みどりについて、調べる必要を感じたのである。

早乙女みどりは、世田谷区の成城学園前にある豪華な賃貸マンションに、住んでいた。死んだ時も、このマンションの3LDKの大きな部屋の寝室で死んでいたのである。

その広い部屋に、早乙女みどりは、ひとりで住んでいて、ひとりで死んでいた。

北海道の室蘭市母恋町に生まれ、高校を卒業すると同時に上京し、主に水商売で働いていた。

二十二歳の時に、一度結婚しているが、三年後に離婚。その後、二度ほど、同棲生活を送っているが、それも、長続きせず、亡くなった時はひとりだった。

十津川と亀井の二人は、そのマンションに行き、管理人に案内させて、最上階の、早乙女みどりの部屋に入った。

早乙女みどりは、このマンション近くのM銀行世田谷支店に、普通預金の口座があり、マンションの電気代や水道料金、ガス料金などは、その普通預金から引き落としになっていた。

彼女が死んだ今は、預金は凍結されていて、料金は滞納状態だが、まだ水道も電気も止められてはいなかった。

当時、早乙女みどりは、銀座の雑居ビルの中にあるクラブ「みどり」の、ママをやっていて、夜になっても、ママが店に出てこず、連絡もしてこないので、心配になったマネージャーがママに会いに行ったところ、自宅マンションの寝室で、彼女が、死んでいるのを発見したのである。

警察も動いたが、いつも、早乙女みどりを診察していた、近くの個人病院の院長が、死亡診断書を書き、心臓発作という診断だったので、自殺ではなく、事件性もないと判断されたと、立ち会った警官が、証言している。

十津川が、早乙女みどりという名前に関心を持った時には、早乙女みどりの遺体は、すでに荼毘(だび)に付されてしまっていた。

「たしか、死亡診断書を書いたのは、この近くの個人病院の院長でしたね？」

「そう聞いている。その院長に、会ってみようじゃないか？」

マンションから歩いて十二、三分のところにある病院である。さほど大きな病院ではない。二階建てで、内科、レントゲン科、泌尿器科とあるが、外科はないし、入院の施設もない。

二人の刑事は、蘇我良太郎という院長に、会った。

「去年の十月ですが、この先のマンションの一室で、早乙女みどりという女性が、亡くなった時、先生が、死亡診断書を書かれたそうですが、覚えていらっしゃいますか？」

十津川が、聞いた。

「ええ、もちろん、覚えていますよ。あの日の夜、突然、電話であのマンションに、来てくれといわれたので、飛んでいきましたよ。たしか、早乙女みどりさんは、銀座で、クラブをやっていて、その店のマネージャーさんが、死んでいるのを発見したんです。亡くなってから、もう何時間も経っていましたね」

「早乙女みどりさんとの関係は、長いんですか？」

「そうですね、もう、三年くらいになりますかね。この辺で病院というと、私のところしかありませんからね。あのマンションの住人の何人かも、ウチで、診察をしたり、薬を、処方したりしていますよ。早乙女みどりさんも同じです」

「しかし、マネージャーさんは、どうして、こちらに、電話したんでしょうか？　先生は、マネージャーさんを、診察したことはないんでしょう？」

「ええ、もちろん、ありません。ただ、早乙女さんは、風邪をひいたとか、頭が痛いとか、何度となく、私の病院に、診察に来ていましたから、マネージャーさんも、ウチのことは、聞いていたと、思いますよ。彼女の診察券を見れば、ウチの電話番号は、すぐにわかります。それに、ウチでは、一回でもウチにいらっしゃった、患者さんには、ウチの名前が入ったカレンダーを、お送りしています。早乙女みどりさんのところにも、送っていたはずですから、マネージャーさんは、たぶん、そのカレンダーか、診察券か、どちらかの電話番号を見て、ウチに、電話をしてきたんじゃないかと、思いますね」

「先生の診断では、心臓発作ということでしたね？」

「正確にいえば、心不全です。たぶん、あの人は、毎日、夜遅くまで、仕事をしていて、お酒の飲み過ぎも、あったりして、体が弱っていたんじゃありませんかね？　それで、心臓発作を、起こしてしまった。私は、そんなふうに見ています。その後、管理人が警察に連絡したので、警察官も来ましたが、私が病死だと説明したら、納得して、帰って行きました」

と、蘇我院長は、いった。

5

この後、十津川と亀井は、病院周辺で、蘇我良太郎という四十八歳の医者の評判を、聞いて回った。

ところが、蘇我良太郎院長の評判は、極端に二つに分かれるのである。

診察が丁寧だし、その上、応対が優しい。いい先生だ。そういって、誉める人がいると思えば、その逆に、

「あの病院長は、金儲け主義で、金持ちには夜中でも飛んでいって、診察するくせに、保険の患者には、院長は、留守だとかいって、診てくれないことも、多いんですよ」

という人も、いるのである。

そのうちに、興味深い話を聞いた。

院長の、蘇我良太郎は、美容整形医の資格も持っていて、銀座の雑居ビルの中に、診療所を開いており、そこでは、主として芸能人や、ホステスに頼まれると、内緒で、美容整形の手術をしていたというのである。

保険が、利かないので、現金、それも、有名女優や、クラブのママなどからは、秘密を守ることを条件に、かなりの額の報酬を受け取っていたという。

十津川はすぐ、西本たちに指示して、銀座の雑居ビルの中に、本当に、蘇我診療所があったかどうかを調べさせた。

6

その結果、間違いなく、銀座×丁目の雑居ビルの中に、蘇我診療所というのが、去年の十二月まで、あったことが分かった。

「その診療所は、毎日、開いているというわけではなくて、週に日曜日と水曜日の二日間だけ、やっていたんです。腕がいいのと、それ以上に、絶対に、秘密を守ってくれるというので、わざわざ、雑居ビルの十二階にあった診療所に、やってくる芸能人や、クラブのママやホステスが、たくさんいたそうです」

西本が、報告した。

日曜日と、水曜日というのは、世田谷の蘇我病院の、休診日である。

もちろん、蘇我良太郎は、美容整形の資格も持っているから、銀座に診療所を設けて、週に二回、芸能人や水商売の女性たちに対して、美容整形を施したとしても、違法ではない。

ただ、蘇我院長は、十津川の質問に対して、早乙女みどりが住んでいたマンションの近くに、自分の病院があったので、それでよく、マンションの住人が、利用していたし、早乙女みどりも、よく診ていたと、証言したのである。しかし、本当は、早乙女みどりが、美容整形を受けに、銀座の雑居ビルの中にあった蘇我診療所に行って、それがきっかけで、知り合ったのではなかったのか。

もし、そうならば、蘇我院長は、ウソをついていることになる。

十津川は、さらに、殺された瀬戸晴子も、銀座で、ホステスをやっている時に、蘇我診療所に行ったことがあるのではないかと推理した。

それを、確認したくて、十津川は、亀井を連れて、再度、世田谷にある、蘇我病院を訪ねた。

「どうして、わざわざ、美容整形の診療所を銀座に作ったんですか？」

「頼まれたんですよ。銀座にあるクラブに、飲みに行ったことが、ありましてね。その時、ママやホステスさんから、簡単な美容整形を受けたい。例えば、顔のシミを取るとか、気になっているホクロを取るとか、そういう簡単な手術を、やってほしいんだけど、時間がない。もし、お店の近くに、そういう診療所があれば、便利なんだけどと、いわれましてね、そういうニーズがあるのかもしれないなと思って、銀座に、美容整形の診療所を作ったんです」

「蘇我先生が、早乙女みどりさんと、知り合ったのは、銀座の診療所では、なかったんですか？」

「いや、最初は、あのマンションに、往診を頼まれて、行った時です。その後、たまたま銀座の診療所にいたら、早乙女みどりさんが、ホクロを取ってほしいといって、やって来たんですが、その時に、何だ、あのマンションの方じゃありませんかということに、なったのです。ですから、私が、あのマンションに、往診に行ったのが、知り合った初めです」

と、蘇我は、いった。

「瀬戸晴子という人は、ご存じありませんか？」

と、いって、彼女の写真を見せた。

蘇我は、写真を見るなり、

「この人、たしか、ボウガンで、撃たれて死んだ人じゃないですか？」

「そうです。銀座で、ホステスを、長くやっていた女性ですが、先生の診療所に、来たことはありませんか？」

「いや、ありませんね。私の診療所に、来ていれば、覚えていると、思うのですが、全く覚えがありません」

「先生は、銀座の診療所を、去年いっぱいで閉鎖していますね。とても、流行っていて、患者さんが、たくさん、詰めかけていたとお聞きしていますが、どうして、やめられたんですか？」

「私も、もうすぐ五十歳です。こちらが休みの日に、銀座に行って働くと、やっぱり疲れるんですよ。それが、こちらの病院の仕事に、影響を与えるようなことがあっては、患者さんに申し訳ないと思い、銀座の診療所のほうは、去年いっぱいで、閉鎖することにしたのです」

「この病院の隣に、二百坪ほどの広さの、蘇我病院駐車場がありますね。話によると、最近、あの土地を、お買いになったと聞いたのですが、本当ですか？」

「ええ、ご承知のように、今までウチの病院には、駐車場が、ほとんど、なかったんですよ。前々から、どうにかして、駐車場がほしいなと思っていたところ、隣の土地の持ち主が二百坪を手放してもいいという話が、あったので、銀行から借金をしましてね。それで、買いました」

「いくらですか？」

「最近はこの辺も安くなったので、二億ぐらいですが」

「それでも、大変な買い物じゃありませんか？」

「そうですよ。ですから、銀行から借金したんです」

その話を確認すべく、十津川たちは、蘇我病院と取引のある、K銀行世田谷支店に行き、支店長に、会った。

「たしかに、蘇我院長に、一億五千万円をお貸ししています」

と、支店長が、いう。

「あそこの、駐車場ですが、二百坪はあると聞いたのです。最近、土地の値段が下がったとはいっても、駅の近くだし、あそこは、一億五千万円では、買えないんじゃありませんか？」

「ええ、そうですよ。一億五千万円ではありませんよ」

あっさりと、支店長が、いった。

「しかし、蘇我病院が借りたのは、一億五千万円でしょう?」

「蘇我さんには、手持ちのお金が、一億円あったんですよ。足りない分を、ウチがお貸ししました」

蘇我病院というか、蘇我院長は、一億円を、持っていたことになる。一億円でも、十津川から見れば、大金である。何か、その一億円に、意味があるのだろうか?

7

本物の早乙女みどりと、ニセ者の早乙女みどりとは、どういう関係なのかということも、捜査会議で、議論になった。

年齢的に見て、親子、母と娘ではないかという意見が多かった。

早乙女みどりは、高校を卒業すると上京し、二十二歳で一度、結婚しているが、二十五歳で、離婚している。

その後、二回、同棲の経験がある。その同棲の時に、子供が生まれたのではないのか? 正式な結婚ではなかったが、父親は、認知だけはした。

それで、娘は男に引き取られ、現在、二十何歳かに、なっている可能性もある。成長してから、娘は父親から母親の存在を聞き、再会したのだ。

顔立ちのほうも、早乙女みどりの顔写真と、ニセ者の似顔絵は、どこか、似ているではないか？

二人が、母娘だと見る刑事たちの間では、そうした意見が多かった。

反対意見もあった。

早乙女みどりは、高校を卒業すると同時に上京し、母親の葬儀のために帰郷した後は一度も、郷里の室蘭市母恋町には、帰っていないと思われている。

娘がいたとしても、その娘と母親と二人で、郷里の母恋町で、暮らしたことは、ほとんどないはずである。

それなのに、ニセ者の、早乙女みどりは、最初の殺人の時に、カラオケクラブで『母を恋うる唄』を歌った際、「母恋し」という歌詞を「ははこいし」とは歌わずに、「ぼこいし」と歌った。

それは、彼女が、長い間、郷里の母恋町に、住んでいたので、つい「ははこいし」という歌詞を「ぼこいし」と読んでしまったのだということなら、納得できるのだが、母恋町で暮らしたことが全くないとすると、なぜ、カラオケで「母恋し」を「ははこいし」とは歌わず、「ぼこいし」と歌ったのかという疑問が出てくる。

亀井は、この反対意見に賛成だと、十津川に、いった。

「私は、東北の人間なので、時々、ふっと東北訛(なま)りとか、地名など東北の発音で読んでしまうことがあるのですが、それは、私が、高校を卒業するまで、東北に住んでいたからです。ですから、今回の犯人が、カラオケで歌う時、『ははこいし』を『ぼこいし』と読んだのは、何年間か、母恋の町に住んでいたからじゃないかと、私は、思うのです。もし、母親の早乙女みどりと東京に住んでいたら、おそらく、ああいう読み方は、しなかったと思いますね」

「われわれが、室蘭市の母恋町に行って調べた時には、似顔絵の女が、母恋町に住んでいたことはないという結論に、達したんだ」

「たしかに、そうです。死んだ、早乙女みどりと、犯人の女は、母と娘なのではないかという意見が、多かったんです。しかし、カラオケで、なぜ、『ははこいし』を『ぼこいし』と読んだのか？　それが不思議だという話になって、そこで、終わってしまったんです」

「しかし、もし同棲した男との間に、娘が生まれていて、男親のもとで成長したとして、ある時、母親の存在を知り、再会したとすれば、母親の娘を思う気持ちも、娘の母親を慕う気持ちも、人並み以上に、強かったと、いえるかもしれない」

「もし、警部のおっしゃる通りだとすると、母親のみどりは、幼子を自分の手で育てることができなかった、その空白時間を埋めるために、故郷の母恋町のことや、亡くなった祖父や祖母のことなど、教えていたということになりますね」

「母親のみどりは、貧しかった自分の少女時代のことを、娘に話していただろう。いずれ、母恋町にある、小さな墓を、立派な墓に、建て直したいという夢も、語ったにちがいない。とうぜん、娘の頭には『母恋』という町名が、深く刻み込まれていただろう。そうなれば、歌を歌ったときに、無意識に、『ぼこいし』という言葉が出てきても、おかしくはない」

と、十津川は、いった。

最後は、三つの殺人事件における、犯行の動機だった。

「二人が親子、母と娘の関係だとすると、母親の早乙女みどりの仇を、娘が討っているという感じを受けます」

十津川が、いうと、三上刑事部長が、首を傾げて、

「しかし、母親の早乙女みどりは、誰かに、殺されたというのではなく、病死だったんだろう？　そうだとすると、娘が、母親の仇を討っているというのは、おかしいんじゃないのかね？」

「たしかに、早乙女みどりの、死因は心不全で、すでに、葬儀も終わってしまっています。しかし、亀井刑事と二人で、死亡診断書を書いた、蘇我病院の院長、蘇我良太郎に

会って、いろいろと、話を聞いているうちに、去年の秋に、早乙女みどりが病死したということに、疑問を持つように、なってきています」

「病死ではないのに、医者が、死亡診断書に、心不全と書いた。そういうことか？」

「その疑惑が出てきています」

「しかし、もう、病死として届けが出されて、遺体は処理されてしまっているんだろう？」

「そうです。すでに、葬儀も終わり、遺体は、火葬に付されてしまっていて、遺骨も、どこにあるか、分からないので、今、死因を調べようにも、難しいと、思っています」

「それでも、君は、死因に、不審を持っている。そうだな？」

「はい。そうです。蘇我病院の院長が、ニセの死亡診断書を書いたとすれば、早乙女みどりは、殺された可能性も出てきます」

「そこの黒板に書いてあるように、今までに三人が、犯人に殺されている。井ノ口博也、本間敬之助、そして、瀬戸晴子の三人だ。君の考えが、当たっているとすると、この三人は、早乙女みどりの死に関係があるということに、なってくるわけだが、それは、調べたのかね？」

「今、調べているのですが、答えは、見つかっていません。井ノ口博也、本間敬之助、そして、瀬戸晴子の三人は、早乙女みどりの死に関係していると思っています。しかし、証拠は、何一つありません。ただ、三人が続けて殺され、犯人が、自ら、早乙女みどりと名乗っているところを見れば、状況証拠としては、この三人が、早乙女みどりの死と、関係があり、それを、知って、娘が、母親と同じ早乙女みどりを、名乗って、復讐（ふくしゅう）をしているのではないかという疑いが、強くなってきます」

「君の推理が当たっているとすると、犯人に次に狙われるのは、蘇我病院の院長じゃないのか？」

「私も、その恐れがあるので、三田村（みたむら）刑事と北条早苗刑事の二人に、すぐ蘇我病院に行くように命じました」

十津川は、三上刑事部長にいったあと、急に不安になってきた。

犯人は、十津川と亀井の二人が、世田谷の蘇我病院を、二度も訪ねたのを、何処（どこ）かで見ていたのではないか？

（そうだとすると……）

十津川は、不安が大きくなるのを覚えて、三田村と北条早苗の、二人の携帯電話にかけた。

電話に、三田村が出た。

「今、どこだ？」

「蘇我病院の前にいます」

「病院のほうに、何か変化はないか？　騒いでいるような気配は、ないか？」

「明かりはついていますが、静かです」

「蘇我院長が往診に使う車は、病院の前にあるか？」

「どんな車ですか？」

「たしか、トヨタの、白のハイブリッドカーで、車体に大きく、蘇我病院の名前が、入っている車だ」

「それらしい車は、病院の前には、見当たりません」

「病院の隣に、駐車場が、あるだろう？　そこにも、院長の車がないかどうか、調べてくれ」

十津川が、せかすように、いった。
五、六分して、三田村刑事の声が、戻ってきた。
「問題の駐車場を調べましたが、警部のいう、病院の名前の入ったハイブリッドカーは、見当たりません」

「とすると、院長は、往診に、出かけたんじゃないのか？」

「本当に、往診に、出かけたのかどうか、調べますか？」

「そうだな。病院に行って、聞いてみてくれ」

十津川は、いったん電話を切った。

さらに十五、六分、時間がかかった。三田村から、電話が入り、

「病院の事務室で、確認してきました。三十分ほど前に、蘇我院長は、これから、往診に行ってくるといって、ひとりで、出かけていったそうです」

「誰も連れずに、ひとりでか？」

「そうです。ひとりで、車に乗って、出かけたそうです」

「往診なら、看護師を、連れていくはずじゃないか？」

「そうなんですが、病院の方は、今日は、看護師を連れずに、院長はひとりで出かけた、といっています」

「それで、どこに、行ったのか、分からないか？」

「分かりません」

「どうして？」

「何でも、今日は、院長の携帯に直接、かかってきたそうで、それから、慌てて院長が出かけていったので、どこの誰からの、往診依頼なのか、分からないそうです」

「まずいな」

十津川が、思わず、つぶやいた。

「往診に行っている、蘇我院長に、連絡は取れないのか？」

「病院で、院長の携帯の番号を聞いてきましたから、今、かけてみます」

と、三田村が、いった。

一分もしないうちに、三田村刑事が、十津川に、かけてきて、

「ダメです、電話が通じません」

「どうして、かからないんだ？」

「院長が、電源を、切ってしまっているとしか思えません」

（ますます、まずいな）

第五章　死亡診断書

1

　蘇我病院の院長、蘇我良太郎の行方は、依然として、一向に判明しない。その捜査中に、十津川が不審に思ったのは、蘇我病院の対応だった。

　一刻も早く、病院を挙げて、院長である蘇我の行方を、探そうという様子が、全く見られなかったのである。

　その疑問を、十津川が、蘇我病院の事務長にぶつけると、

「別に、心配はしていませんよ。だって、そうでしょう？　大の大人がしばらく、連絡してこない。そんなことで、警察に、捜索願を出しますか？　奥さんと別れてからは、頻繁に銀座に飲みにいっていますし、最近では、若い女性からも、電話がかかってきているようでしたからね。うらやましいかぎりですね。まあ、大丈夫ですよ。そのうち、

ふらりと帰ってきますから」

というのである。

たしかに、理屈は合っている。事務長のいう通りなのだが、それでも、十津川には、どこか、引っ掛かるものがあった。

事態が進展しない中、十津川は、蘇我院長の別れた妻、高野妙子（たかのたえこ）に、話を聞くことにした。

蘇我妙子だった頃、彼女は、蘇我病院で、内科の医療を担当していた。女性らしく、優しい内科の医師として、患者に、人気があったという。

妙子は、三十歳の時に、蘇我院長と結婚しているから、結婚後二十年間、夫を助けて、妻の仕事をし、蘇我病院の内科医としても働いていたことになる。

それなのに、去年の十一月中旬、突然、妙子は、夫の蘇我良太郎と、離婚をして、郷里の長野に帰ってしまった。

ところが、この離婚の理由が、全く分からないのである。病院の関係者に、聞いても、よく分からないというし、妙子の友人や知人に聞いても、

「二十年も一緒に連れ添って、夫の経営する病院を、あれだけ一生懸命に助けて大きくしていたのに、どうして突然、離婚をして、郷里の長野に帰ってしまったのか、全く分かりません」

誰もが、口を揃えていうのである。

そこで、十津川は、亀井と、長野県の茅野にいるという、妙子を訪ねてみることにした。

二人は、中央本線で、茅野まで行き、そこからは、タクシーで二十五、六分行ったところにある小さな町に向かった。

中央アルプスと、南アルプスに挟まれた町で、現在、高野妙子は、小さな診療所の医師として働いていた。

妙子は、十津川と亀井の警察手帳を、確認すると、東京の刑事が二人、わざわざ、こんなところまで、訪ねてきたことに、戸惑っているように見えた。

「今日は、あなたに、どうしても、助けていただきたいことがあって、東京から、ここまでやって来ました」

いきなり、十津川が、いった。

「いったい何でしょう？　私には、刑事さんを助けられるような、そんな力は、ありませんけど」

妙子は、あいかわらず、当惑気味に話す。

「実は、東京では今、蘇我病院の、蘇我良太郎院長が、行方不明になってしまっています。われわれとしては、何とかして、一刻も早く、蘇我院長を、見つけたいんですよ」

「私は、蘇我とは、離婚をしてしまいましたから、蘇我病院の人間ではありません。ですから、今、蘇我が、どこにいて、何をやっているか、全く知らないのですよ。蘇我を探すのは、病院の方に任せておいたほうが、いいんじゃありませんか？」

「ところが、蘇我病院の皆さんは、院長が、行方不明になっているというのに、本気になって、探そうとはしないんですよ。危機感とか、緊張感が全く感じられないのです」

「私と別れて、遊び呆(ほう)けているんですよ。酒と女におぼれていましたから。今の私にとっては、何の関心もありませんが」

「あなたは、蘇我院長と、結婚した後、二十年間、内科の医師として働いていらっしゃいましたね？」

「私は、内科医ですから、当然のことだと思いますけど」

「私は、あなたが医者として、優しくて丁寧だったので、患者から、大変慕われていて、信頼もされていたと、聞きました。蘇我病院の近くに、成城学園前の駅が、ありますよね？　その駅のそばにあるマンション、『ビレッジ成城学園前』という名前ですが、そのマンションにも、あなたがよく往診に、行かれたと聞いたのです。これは、本当ですか？」

「私は医者ですから、往診に来てもらいたいといわれれば、断りませんでした。それが、医者としての、義務ですもの」

「あのマンションの、最上階に、早乙女みどりさんという、銀座でクラブをやっていたママさんが住んでいました。彼女のところにも、往診に、行かれたことが、あるんじゃありませんか？」

「一人一人の患者さんのお名前までは、いちいち、覚えていませんけど、もし、その方が病気になって、蘇我病院に、往診を頼んだことがおありになるのでしたら、私も行ったかも知れません。夫が忙しい時は、私が代理で、往診に行くことは、よくありましたから」

「この早乙女みどりさんですが、去年の秋、十月に、亡くなったのです。その死亡診断書を書かれたのが、蘇我院長だったんです。その時、まだ、あなたは、蘇我院長と離婚されては、いませんから、もしかすると、このことを、覚えていらっしゃるのではありませんか？」

「死亡診断書を書くのは、院長の仕事ですから、私は、そういう仕事には、関係しておりません。ですから、早乙女みどりさんの、死亡診断書のことは、何も存じません」

「あなたと蘇我院長が、離婚をされたのは、蘇我院長が、早乙女みどりさんの、死亡診断書を書いた約一ヵ月後なんですよ。ひょっとして、お二人の離婚には、この、早乙女みどりさんの、死亡診断書が、関係しているのではありませんか？」

「私が、蘇我と離婚をしたのは、きわめて個人的な理由です。ですから、蘇我が、どなたかの、死亡診断書を、書いたこととは、何の関係もありませんわ」

相変わらず、妙子は、関係ないを繰り返している。

それでも、十津川は、諦めなかった。

「この早乙女みどりさんという、女性の死亡について、われわれは、大きな疑問を、持っています。蘇我院長の書いた、死亡診断書は、誤りではなかったのかと、考えています。病死ではなかったのに、病死としてくれと、誰かに、頼まれたのではないかと、思うのですが、そのことを知ったあなたは、蘇我院長の行為がどうしても、許せなくて、それで、院長と口論になり、結局、離婚をして、この長野に帰ってこられたのでは、ありませんか？　私には、どうしても、そんなふうに、思えて仕方がないんですよ」

と、切り込むと、妙子は、落ち着いた声で、

「蘇我との離婚の理由は、本当に、個人的な理由でして、人様にお話しするようなことではございません。警部さんは、蘇我が、間違った死亡診断書を書いたと、おっしゃいましたが、そのことについて、私は、何も存じません。もし、蘇我が、誰かに頼まれて、間違った診断書を、書いたとしても、それは蘇我自身の問題ですから、蘇我と、離婚してしまった私には、何の関係もございませんし、それについて、警察の方に、お話しすることもございませんわ」

（ウソだ。彼女は、さっきからウソをついている）

と、十津川は、直感的に感じた。

十津川に、そう思わせたのは、妙子のしゃべり方だった。

離婚の理由については、個人的なことという一言で、片づけたのに、蘇我院長の書いた死亡診断書については、結果的に、分からないといいながら、長々とした話になっている。

「実は現在、東京と、北海道にわたった連続殺人事件が起きていて、それを、私たち、警視庁捜査一課が、捜査しています。今までに、殺されたのは、一人目が、井ノ口博也という六十歳の、大手の、製薬会社の社長です。続いて、北海道の函館で、五十歳の本間敬之助という、俳優が殺されました。三人目は、瀬戸晴子という、五十歳の女性で、彼女は、長い間、ホステスをやっていたのですが、最近になって、銀座にある五階建ての雑居ビルを、買い取って、オーナーになりました。その瀬戸晴子が、先日、自分のビルの中で殺されました。そして、この三人を、殺したと思われる犯人が、早乙女みどりと、自ら、名乗っているのです」

「でも、先ほどの刑事さんのお話では、早乙女みどりさんは病死して、その時の死亡診断書を蘇我が書いていると、そういうことでしたわね？　ちょっと、お話が変じゃありません？　だって、すでに、亡くなっている人が、殺人を犯すことなんて、あり得ませんもの」

その言葉にも、十津川は、引っ掛かるものを感じた。

ただ、知らないといえばいいのに、早乙女みどりは、亡くなっていて、あなたは、その病死の、死亡診断書を、蘇我院長が書いたと、いったんじゃありませんかと、妙子は抗議するのである。

明らかに、妙子は、早乙女みどりの死亡診断書を、かつての夫、蘇我院長が、書いたことを知っていて、それが気持ちの上の、わだかまりになっているのだろう。

十津川は、確信した。

「あなたは間違いなく、早乙女みどりさんのことを、知っていますね？」

十津川が、キッパリいうと、今度は、妙子は、黙ってしまった。

数分の沈黙の後で、

「お願いします」

と、十津川は、妙子に向かって、頭を下げた。

「今のままでは、あと何人、人が殺されるか分からないのです。蘇我院長は、現在行方不明ですが、殺されてしまうのではないかと、心配しています。それを防ぐことが、できるのは、あなたの証言だけなんですよ。早乙女みどりという女性が、いったい、どんな、女性だったのか？　どんな形で、亡くなったのか、それが分かれば、今回の、一連の殺人事件は、解決に向かって、大きく前進するはずなのです。特に、私たちが、いちばん知りたいのは、早乙女みどりが、亡くなった、本当の理由です。それが分かれば、何回も、いいますが、次の殺人を、防ぐことができます。それを、知っているのは、今のところ、あなたしかいないと、思っているのです。ぜひ、教えていただきたい。早乙女みどりが死んだのは、本当に、病死だったのかどうか？　死亡診断書を書いた蘇我院長は、誰かに頼まれて、ウソの死亡診断書を書いたのではないのか？　おそらく、そのことも、あなたは、ご存じなんじゃありませんか。ですから、二十年間も、夫婦でいらっしゃったあなたが、蘇我院長と、別れてしまった。そうじゃありませんか？」

「私は、何も存じませんわ。知らないことを、いくら話せと、おっしゃられても、それはできません」

妙子は、硬い表情で、いった。

2

十津川は仕方なく、いったん引き下がることにした。

十津川と亀井は、JR茅野駅まで引き返して、この日は、駅前のホテルに泊まることにした。

翌日も、朝早くから、十津川は亀井と、高野妙子を、診療所に訪ねていった。

町の小さな診療所は、朝から、患者が押しかけていて、忙しそうだった。

その間、二人は、大人しく、待つことにした。

患者が途切れた、昼休みになると、十津川が、高野妙子に向かって、

「今日はぜひ、本当のことを、しゃべっていただきたいのです。そうしないと、私たちは、今回の、一連の殺人事件を、解決することができないのですよ」

訴えたが、今日も、妙子は、硬い表情のまま、

「何度訪ねてこられても、申し訳ありませんが、知らないことについて、何も申し上げることはできません。本当に、何も知らないのですから」

と、いうだけだった。

十津川は、もう一泊して、妙子に訴えるつもりだった。とにかく、今は、彼女しか、頼る術(すべ)が、なかったからである。

診療所を出ると、亀井が、

「あの調子では、何度訪ねても、あの女医さんは、何もしゃべってはくれませんよ。私たちが、これ以上ここに、留(とど)まっていると分かったら、彼女は、どこかに、姿を消してしまうのではありませんか？　そんな気がして、仕方がないんですよ」

「いや、あの女医さんは、逃げたりはしないと思っている」

「どうしてですか？」

「あの診療所には、彼女と、看護師さんがひとり、合わせて、二人しかいないじゃないか？　それなのに、患者さんが、毎日、あんなに詰めかけている。そういう状況の中で、彼女は、逃げ出すことができるような、そんな、責任感のない人じゃない。イヤでも、あの診療所に、留まるはずだと、思うね」

翌日、診療所を、再び訪ねていくと、十津川が思った通り、朝早くから患者が、といっても、ほとんどが、老人なのだが、たくさん詰めかけていた。

今日も、患者が途切れるのを待って、十津川が、声をかけると、妙子は、急に、小さく笑って、

「刑事さんには、負けました。刑事さんに、私の知っていることを、お話ししますよ」

と、いってくれた。

3

最初に、妙子が話してくれたのは、別れた夫、蘇我院長のことだった。

「二十年前、私が、蘇我と、結婚した頃の蘇我病院は、まだ、小さな個人病院だったんですよ。でも、若かった蘇我は、真面目で、何よりも患者さんのことを、第一に考える、それはもう、素晴らしい医者だったんです。ところが、病院が、大きくなるにつれて、

少しずつ、蘇我は変わっていきました。いつの間にか、銀座にクリニックを開き、クラブのママやホステスたちと知り合って、遊び始めたんです」

　次に話してくれたのは、早乙女みどりのことだった。

「二年前、早乙女みどりさんのマンションから、往診を頼まれ、たまたま夫が不在でしたから、私がひとりで、出かけていきました。ひとりで行ったのは、夜中で、看護師も、もう、眠ってしまっていたからです」

「その時、初めて、早乙女みどりさんに会ったんですか？」

「ええ、高熱が出て、呼吸すると胸が苦しいということなので、私は急いで、あのマンションの、十二階の早乙女さんの部屋に往診に行ったんです。でも、部屋に入ってみると、病気だったのは、早乙女みどりさんでは、ありませんでした」

「病人は、いったい、誰だったのですか？」

「その時、二十三歳だった、由紀（ゆき）さんという、みどりさんの、実の娘さんだったんです」

　思いがけない進展に、十津川は、驚きながら、

「早乙女みどりさんに、娘さんがいたんですね？　それは、本当ですか？」

「ええ、本当です。それで、由紀さんという娘さんは、たしかに、高熱が出ていて、肺炎の危険もあったので、薬を与え、数日間は、安静にするよう、指示しました。それでも、母親のみどりさんから、また、何度も、電話があり、娘の熱が下がらないので、往

診に来て下さいと、懇願されて、たいへんでしたわ。三日もすると熱が引いて、回復していきました。その時、私が、いちばん強く感じたのは、母親の早乙女さんの、娘さんに対する、愛情の濃さでした。私が、これは、ただの風邪ですから、静かに寝ていれば、三日もすれば、治りますよといったのに、心配して、オロオロしてしまっているんですよ。

もう一つ気がついたのは、早乙女さんが、娘さんの存在を、誰に対しても、隠そうとしていることでした。その日は、たまたま別居している娘さんが訪ねてきて、急に高熱を出して、寝込んでしまったということでしたが、いつもは、ひとりで、マンション住まいをさせていて、そこから大学の薬学部に通っていたということでした。

娘さんは、その時、大学の四年生ということでした。それなのに、早乙女さんは、なぜか、自分には、子供がいないというようなことを、周りの人にいっていたようなんです」

「たしかに、私たちが、いくら調べても、早乙女みどりさんには、子供はいないという答えしか、出てこなかったんです」

「その後、私はなぜか、早乙女さんに、気に入られて、今までの人生について、いろいろと、話を聞かされました。大変な苦労の連続だったみたいで、それを話してくれるように、なったんです。私も、もちろん、早乙女さんの娘さんのことについては、誰にも、話しませんでした」

「早乙女みどりさんは、ほかに、どんなことを話したのですか？」

「早乙女さんが、北海道の、室蘭の母恋という町で生まれて、高校を卒業すると同時に、上京して、水商売に入って、苦労したといったようなことでした。二十二歳の時に、結婚しましたが、すぐに、別れてしまいました。その後、二回ほど、同棲生活を送りましたが、一回目の相手の男性との間に、生まれたのが、由紀さんだったのだそうです。相手の男が、認知してくれたので、父親のもとで、育てられたそうです。

　ところが、父親が車の事故で重傷を負い、亡くなる直前に、母親の存在を教えてくれて、みどりさんを訪ねてきた。涙の再会だったと、みどりさんは、いっていました。娘さんも、幼い子供のように、母親に甘えていて、情の濃い母娘だと、私は、強く感じました。みどりさんは、由紀さんが、フランス留学を夢見ているので、どんなに費用がかかっても、その希望をかなえてやりたいと、いっていました。目に入れても痛くない感じでしたよ。

　その後、父親の妻が、『苦労して由紀を育てたのに、今になって、実の母親に手渡すのは、納得できない。私の老後を、由紀に見てもらわなければ』といいだして、争いになったそうです。それで、その後、みどりさんが先方の奥さんに、結構なお金を払って、解決したと、聞いています。

そういうことが、あってから、早乙女さんは、いつか娘を取られるのではないかという恐怖に駆られて、周りの人には、自分には、娘などいないと、そういい、わざと、離れて生活させて、これまで、やって来たといいました。娘には、母親としての今までの生き方を、分かってほしいと思い、特に、郷里の室蘭の母恋町のことは、忘れないでほしくて、いろいろと話をしたそうです。母恋と書いて、ぼこいと読む町だということを繰り返して、教えたといっていました。

でも、それなのに、早乙女さん自身は、故郷の母恋の町には、高校を卒業して上京して以来、ほとんど、帰ったことがない。笑いながら、そういっていました。両親は、もう、亡くなってしまっているし、自分が、故郷を捨てたような形になっているので、帰ることが怖かったそうなんですよ。それでも、娘の由紀さんを連れて、内緒で室蘭市の母恋町に帰ったこともある。そういっていました。また、貧乏のまま亡くなってしまった両親のお墓も、密かに、母恋町に建てたともいっていました」

「早乙女みどりさんが、亡くなった時、蘇我院長は、心不全という死亡診断書を書いたのです。あなたは、そのことを、知らないとおっしゃいましたが、本当は、ご存じなんでしょう?」

「蘇我は、ある日突然、夜中に呼ばれて、出かけていったんですけど、帰ってくると、妙に、怯(おび)えた表情をしていて、早乙女みどりという女性の死亡診断書を、書いてきたというのです。彼女のことなら、私も、よく知っていましたから、本当に、あの早乙女みどりさんが亡くなったのかと、蘇我に聞いたら、ああ、亡くなったと、面倒くさそうにいうんです。彼女が、どんな状態で亡くなったのか、いくら私が、聞いても、なぜか話そうとしないんですよ。私は、何だか、様子が、おかしいなと思いましたから、病死なのか、それとも、事故で亡くなったのかと聞いたら、病死だ、心不全だったと、それだけしか、いわないのです。

その後も、蘇我は、いつもと違って、何かに、怯えているような感じを、受けました。心配事があるのなら、話してくださいと、何度も、蘇我にいったら、やっと、話してくれたのは、早乙女みどりさんの死亡診断書のことでした。蘇我は、彼女の遺体をろくに見もしないで、死亡診断書を書いたというんです。知り合いの会社社長に頼まれて、仕方なく、心不全の死亡診断書を書いた。その代わり、多額の報酬をもらえることになっていると、告白したんです。

私は、驚き、呆れて、そんなことを、してはいけない。あなたは、医者なんだから、医者として許されないことは、絶対にしては、いけませんと、いったのです。私がうるさくいったのは、医者としての蘇我のためでもあったし、友人になった早乙女みどりさんのためでも、あったからなんです。私は、彼女のことを、よく知っていましたから、これは、何かあるに違いない。医者に、ニセの死亡診断書を書かせるなんて、そこには、絶対に何かあるに違いないと、思ったんです。

いちばん、私が望んだのは、蘇我が、警察に事情を話して、早乙女みどりさんが、どんな死に方をしたのか、それを、明らかにすることだったんですけど、蘇我は、とうとう最後まで、私のいうことを、聞いてくれませんでした。数億の大金が入るのを、見逃す手はないと、いい張るのです。私は、蘇我と何日も、話し合いをしました。でも、ダメでした。それで、彼のことが、信用できなくなって、別れることにしたのです。幸い、二人の間には、子供もいませんでしたし、私も医者なので、ひとりになっても、生活はできると思って、決断したのです。私が黙っていれば、いいことなんでしょうけど、どうしてもそれができなかったんですよ。だからといって、私には、早乙女みどりさんが、どこで、どんな死に方をしたのかは、全く分からないのですから、警察に、訴えることもできませんでした。

別れて、故郷の茅野に帰ってきて、しばらくしたら、みどりさんのマンションの管理人さんから、電話があって、みどりさんの身寄りの人を知らないかと、いうんです。私が、みどりさんには、娘さんがいて、今はフランスに留学しているらしいけど、いずれ向こうから電話が来るかもしれないと伝えると、管理人さんは、自分が預かっている、みどりさんの遺骨を、私に託し、娘さんに渡してほしいというので、引き取りました。元の夫が、みどりさんのニセの診断書を書いたことは分かっていて、なんとなく、申し訳なく思っていたからです。それに、去年の十月初めに、みどりさんから、由紀さん宛の手紙なども預かっていましたから、遺骨もお預かりしようと、思ったのです」

「やっぱり、蘇我院長は、早乙女みどりの死に関して、ウソの、死亡診断書を書いていたんですね。ニセの死亡診断書を書いていたとすると、これは、大きな問題ですよ」

亀井が、いった。

「蘇我院長は、誰に頼まれて、早乙女みどりの、ニセの死亡診断書を、書いたと思いますか？」

「それは、私には、全く分かりません」

「蘇我院長は、銀座の雑居ビルに、診療所を開設して、二年間、毎週日曜日と、水曜日だけ、美容整形の手術を、していたそうですね？　もちろん、そのことは、ご存じですよね？」

「ええ、もちろん、知っていました。でも、そのことは別に、法律には触れていないと思いますけど」

「たしかに、法律的に、何の問題もないのですが、蘇我院長は、その診療所で、早乙女みどりさんと、知り合ったのではないかと、そんなふうに、考えています。そのことを、蘇我院長は、あなたに、話したことはありますか？」

「いいえ、ありません。でも、クリニックを開いてから、遊びを覚え、仕事をほったらかしにして、銀座の高級クラブを、飲み歩きし始めたんです。当然、早乙女みどりさんのお店にも、飲みにいっていました。そこで、政治家や財界人とも、知り合いになって、得意がっていました。ここ数年、病院の経営が苦しくなっているのに、遊んでばかりいるので、蘇我が、ニセの診断書を書いたと聞く以前から、私は夫と、別れようかと、考えていたんです」

妙子が、いった。

「ところで、その後、由紀という娘さんから、連絡は、ありましたか？」

「さっきいったように、二年前、早乙女みどりさんのマンションで、由紀さんを診察した際、みどりさんが、『この娘は、気管支が弱く、いつも風邪気味なんです』といっていたので、いつでも相談に乗れるように、私の携帯電話の番号を、由紀さんに、教えておいたんです。それから、二ヵ月おきくらいに、相談の電話がかかってきましたが、去年の春、『近々、フランスに留学する』といって、それからしばらくは、連絡が来なかったんです。ところが、去年の十一月末に、フランスの由紀さんから、電話があったんです。なんでも、パリの大学に、留学しているそうで、『最近ひいた風邪が、治らず、世界的に流行している、インフルエンザにかかったかもしれない。相談する相手もいないし、喉が痛くて、熱があり、食欲もないので、どうすればよいか』という内容だったんです。その時、お母さんが亡くなったこと、そして、遺骨と手紙を預かっていることを、伝えたんです。よほどショックだったんでしょうね、そのまま、電話を切ってしまったんです」

「その後、遺骨や手紙は、由紀という娘に渡したのですか？」

「はい、電話の三日後に、由紀さんが、帰国して、茅野まで、私に会いに来ましたので、遺骨と手紙、そして、やはりみどりさんから預かっていた、由紀さん宛の、小さな包みを渡しました」

「手紙に書かれていた内容は、分かりませんか？」

「手紙には、『親展』と書かれていましたし、他人の手紙をのぞき見るようなことは、私は決していたしません」

と、妙子は、ムッとした口調で、いった。

由紀という娘は、高野妙子から、母の死を知らされ、急遽、帰国した。手紙を読んで、母みどりの死の原因を知り、母が殺されたことを、確信したのだろう。そして、犯人を探し、復讐のために、殺人を繰り返しているのだと、十津川は、思った。

十津川は、今までに殺された三人、井ノ口博也、本間敬之助、瀬戸晴子、この三人の顔写真を取り出すと、妙子に見てもらった。

「この三人を、あなたは、ご存じありませんか？　ひょっとすると、蘇我院長の、知り合いの三人ではないかと、思うのですが、この三人のことを、蘇我院長から聞いたことはありませんか？」

「私は、この人たちに会ったことは、ありませんけど」

「そうですか。この三人の名前を、もう一度いいますが、井ノ口博也、本間敬之助、瀬戸晴子というのですが、名前を聞かされたことは、本当にありませんか？」

「蘇我から聞いたことは、ありませんけど、早乙女みどりさんからは、たしか、井ノ口さんという名前は、聞いたことが、あるような気がします」

妙子が、井ノ口の写真を指さしながら、いった。

「本当ですか？　間違いありませんか？」

思わず、十津川は、声を大きくして、念を押した。

「ええ、間違いありませんわ。井ノ口って、あんまりない、珍しい名前でしょう？　ですから、よく、覚えているんです。早乙女みどりさんと、親しくなってから、何かの話の間に、井ノ口さんという名前を、みどりさんが、口にしたんですよ。私が、井ノ口さんって、どんな人なのって、聞いたら、みどりさんは、こう、いっていました。大手の製薬会社の社長さんで、大変なお金持ちだって。その頃、みどりさんは、銀座で、クラブのママさんをやっていましたから、井ノ口さんというのは、そこの、常連さんだったんじゃないでしょうか？」

「あなたが知る限り、早乙女みどりという人は、お金を、欲しがっていましたか？」

と、亀井が、聞いた。

妙子は、少し考えてから、

「ここ数年、不況が続いていて、銀座のクラブも、客の取り合いになっていると、いっていましたし、自分のところも、経営が苦しいとも、いっていましたから、お金は、欲しがっていましたよ。でも、それは、自分のためではなくて、娘さんのために、欲しがっていたんだと、私は思います。みどりさんが、何よりも心配していたのは、由紀さんという、娘さんのことでしたから。なんでも、高級クラブのママだけど、店は何人かの共同出資者がいて、お金も自分の思う通りには使えないのよ、といっていましたから。もし、自分が、死んでしまったら、病弱な娘はたったひとりで、ちゃんと、生きていけるのかが心配だと、いつだったか、そんなこともいっていました。私から見れば、娘さんの由紀さんは、もう大学生になって、立派に成人しているのだから、心配することは、何もないのに、自分の手で育ててこなかった負い目もあり、いくら心配しても、その心配には切りがないんでしょうね。それで、娘さんのためには、自分が、死ぬ前に、一生困らないような、大きなお金を、残してやりたいと、考えていたんじゃないかと、私は、そんなふうに、感じていましたけど」

妙子の話を、聞いているうちに、十津川は、ぼんやりとしか見えなかった、早乙女みどりという女の形が、少しずつ、はっきりしてくる気がした。

「あなたが、最後に、早乙女みどりさんに会ったのは、いつですか？」

少し間をおいてから、十津川が聞いた。

「たしか、早乙女みどりさんが亡くなる十日ぐらい前の十月四日だったと、思います」

「その時も、早乙女さんが、病気になって、あなたに、往診を頼んだんですか？」

「そうじゃありません。たしか、日曜日で、病院が休みだった時、朝、自宅に、早乙女みどりさんのほうから、電話がかかってきて、時間があれば、これから、銀座にでも遊びに行きませんかと、そういって、誘われたんですよ」

「それで、一緒に、銀座に行かれたわけですね？」

「ええ」

「それは、ただ、あなたと仲良くなったので、一緒に、銀座に行きませんか、そんな感じで、あなたを、誘ったんですか？　それとも、何か用事があったからでしょうか？」

「彼女に誘われた時は、きっと何か、私に、相談したいことがあるのだろうと思いました。でも、銀座で、落ち合って、ブランド品の店でショッピングを、楽しんだり、食事をしたりしている間に、とうとう、早乙女さんは、何も話さないままで、別れて、しまったのです」

「彼女は、何も、話さなかったけれども、あなたは、きっと、何か、相談したいことがあったはずだと、思ったんですね？」

「ええ、そう思いました」

「どうして、そう思ったんですか？」

「彼女は、なぜか、ひどく、興奮しているように見えたんです。例えば、何かとても大事な問題を、抱えてしまっていて、それを私に、相談したいのに、切り出すことが、できない。そんな感じを受けましたから」

「その大事なことというのは、早乙女みどりさん自身のことだと、思いましたか？　それとも、大事にしている娘さん、たしか、由紀さんという名前でしたね、彼女のことだと思いましたか？」

「私は、娘さんのことだと、思いました。早乙女みどりさんという人は、物事に動じない、強い性格のように思っていましたが、この時は、オドオドしていて、何か心配事があるように、見えました。最後に別れる時、娘の由紀はフランスに留学中なので、自分が行方不明になったり、死んだりしたら、この手紙と、包みを、娘に渡してほしいと、いうので、大げさな話だとは思いましたが、これ以上、興奮させてはいけないと思い、引き受けました」

「その包みの中身はなんだったのか、聞かなかったんですか？」

「聞きましたよ。そうしたら、私が娘へしてやれる、せめてもの償いだと、いっていました。その重さから、私はお金が入っているんじゃないかと、思いました」

「結局、早乙女みどりさんは、あなたに何も詳しいことは、話さなかった。何も、相談しなかったんですね？」

「ええ、そうです」

「どのくらいの時間、二人で、銀座にいらっしゃったのですか？」

「そうですね、ほとんど、半日くらい、銀座におりました」

「本当は、早乙女みどりさんは、自分の身に、危険が迫っていると感じ、あなたに相談したいことがあったが、それをいえずに、手紙と包みだけを預けた。その十日ほど後に、早乙女みどりさんは亡くなったんですね？」

「ええ」

「あなたは、早乙女みどりさんの葬儀に、参列なさいましたか？」

「いいえ、参列はしていません」

「どうしてですか？　だって、蘇我院長が、早乙女みどりさんの、死亡診断書を書いたわけでしょう？　当然、みどりさんの葬儀には、ご夫婦揃って、参列されたものとばかり思っていましたけど、違うのですか？」

「夫は参列したようですが、私は葬儀が終わった後、夫から話だけを、聞きました。事前に葬儀の日取りや時間、場所が分かっていれば、当然、参列したかったんですが……」

「早乙女みどりさんの葬儀は、誰が喪主になったのですか？　娘さんは、フランスに留学中だったわけですから、喪主にはなれなかったわけでしょう？」

「ええ、娘さんの名前が、結局、最後まで、出ることはありませんでした。私は、実際に、会ってもいますから、みどりさんに由紀さんという娘さんが、いることを知っていましたけど、早乙女みどりさんの周りの人、例えば、彼女が、ママをやっていた銀座のクラブの従業員だって、彼女に、娘さんがいることは、知らなかったんじゃないかと、思いますけど」

「それでは、誰が、喪主になったんですか？」

「早乙女みどりさんは、身寄りがないということで、お店のマネージャーさんが、みどりさんが住んでいた、マンションの管理人に頼んで、死亡届を役所に提出し、火葬許可証など、葬儀に必要な書類を出してもらったそうです。実際に、葬儀を執り行ったのは、店のマネージャーさんだと、聞いています。夫から聞いた話では、早乙女さんのお店に出入りしていた、政治家や財界人、俳優さんや銀座のママさんたちも、顔を見せていたそうです。でも、私は、その葬儀には、行っていませんでしたから、本当のところは、どんな葬儀だったのか、全く分かりません」

「あなたは、早乙女みどりさんの娘さん、由紀さんと、あのマンションで、会ったといわれましたね？」

「ええ、由紀さんが、病気になった時、母親のみどりさんから、往診を頼まれましたから、それで会いました」

「早乙女みどりさんが、亡くなった後、娘の由紀さんと、一度、会ったことがあると、いっていましたね」

「はい、さっきもいいました通り、娘の由紀さんが、茅野まで訪ねてきたので、預かっていたみどりさんの遺骨と、手紙、そして包みを渡しました。その時、由紀さんは、これからは、私は、愛してくれた母親を想って、早乙女みどりと名乗ることにしますって、いっていました。その後は、何の連絡もなく、会っていません。その時、お母さんの葬儀の様子を聞かれたので、政治家や財界人、俳優さんや銀座のママさんたちも、顔を見せていて、立派な葬儀だったと伝えました。母親の葬儀に出席できなかった由紀さんに対して、せめてもの慰めになるのではないかと思って、そういったのです」

「由紀さんに、預かった手紙と包みを渡した時、彼女は、母親の死因について、あなたに、質問しなかったのですか？」

「もちろん、聞かれました」

「なんと答えたんですか？　蘇我院長がニセの死亡診断書を書いたことを、由紀さんに話したんですか？」

「いいえ、さすがに、そのことは話せませんでした。蘇我が、みどりさんが心臓発作で死亡したという、死亡診断書を書いたということだけを、話しました。母親が不審な死を遂げたことを告げるというのは、あまりにも、酷なことではないかと、思ったからです」

「その後、由紀さんから、連絡はありましたか？」

「いえ、全くありません。今、由紀さんが、どこにいて、何をしているのかも、知りません」

「それでは、もし、由紀さんから、連絡があったら、すぐ、私に知らせてください。これは、由紀さんのためでも、ありますからね。お願いします」

十津川は、自分の名刺を取り出すと、裏に、携帯の番号を書いて、高野妙子に、渡した。

診療所を出ると、十津川は、亀井にいった。

「問題は、みどりが娘に宛てた手紙だな。もし、みどりの娘の由紀が、この一連の殺人事件の犯人だとすると、その手紙に、井ノ口社長や本間敬之助、そして瀬戸晴子の名前が書いてあったのだろう」

「しかし、早乙女みどりの死に、この三人は、どうかかわっているのでしょうか？」

と、亀井が聞いた。

「それはまだ分からないが、手紙には、きっとそのことが、書いてあったのだろう。多分、この三人が共謀して、自分を殺そうとしているというようなことが、書かれていたのだろう。そして娘の由紀は、手紙を読んで、母親の復讐のために、三人を殺そうと決意したんじゃないかな？　問題は、なぜこの三人が、早乙女みどりを殺したのかということだ」

「でも、由紀は、蘇我院長が、ニセの死亡診断書を書いたことは、知らないはずですよ。早乙女みどりの手紙にも、自分が井ノ口社長や本間敬之助、そして瀬戸晴子たちに、殺されるかもしれないということは、書いてあったでしょうが、蘇我院長が、自分の死因を偽る、死亡診断書を書くということまでは、分からないと、思いますが」

「いや、由紀は、蘇我院長が、母親の死亡診断書を書いたと知った時、その死亡診断書が偽物だということを、察知したんじゃないか？　なぜなら、母親は殺されたのに、蘇我院長が、心臓発作という死亡診断書を、書いたということは、その診断書が、偽物だということになるのだから」

と、十津川は、答えた。

4

十津川と亀井は、東京に舞い戻った。

しかし、蘇我院長の行方は、まだ分かっていなかった。

十津川は、亀井と、鑑識係を引き連れて、成城学園前にある、早乙女みどりが住んでいたマンションに、出かけた。

高野妙子がいっていた、娘の由紀が、マンションに、出入りしていたなら、彼女の指紋が、残っているはずだと、思ったからだ。

何人かの指紋が採れ、その中に、由紀のものと思われる指紋が見つかった。

それは、井ノ口社長の殺害現場で見つかった、早乙女みどりと名乗る若い女の指紋と一致したのだ。

その後、十津川と、亀井は、マンションの管理人である、木村（きむら）という男に会った。

「早乙女みどりさんの遺骨を、一時、預かっていたのは、あなたですか？」

「はい、早乙女さんが亡くなった時、身寄りの人が見つからなくて、死亡届や、火葬許可申請書の提出を、私が代理でやったのです。そんなこともあって、身寄りが見つかるまで、遺骨を預かってくれと、参列していた人たちに、強く頼まれたものですから」

と、人のよさそうな顔をした木村は、いった。

「その後、茅野市の高野妙子さんに、遺骨を渡したんですね？」

「ええ、そうです。いつまでも、他人様（ひとさま）のものを預かっているわけにも、いきません。身寄りの人を探して、遺骨を渡し、ちゃんと埋葬してあげないと、仏さんも浮かばれないと思い、生前、早乙女さんのところに、よく診察に来ていた、高野先生に連絡をとったのです」

「高野先生というと、蘇我病院の院長の、別れた奥さんですよね？」

「ええ、初め、蘇我病院に電話して、蘇我先生に、遺骨のことをお話ししたら、先生は、なぜか、慌てて、早乙女みどりさんは、自分より、別れた妻と親しかったから、そっちに連絡してくれといって、茅野の高野先生の電話番号を教えてくれたんです」

「それで、高野先生は、遺骨を預かってくれることになったんですね？」

「はい。それで、高野先生は、早乙女みどりさんには娘さんがいて、高野先生も、会ったことがあるから、いずれ、連絡が来るかもしれないということで、高野先生に、早乙女みどりさんの遺骨をお渡ししたんです」

と、管理人の木村は、答えた。

「早乙女みどりさんの遺体が発見された日の前日か、前々日に、だれか、早乙女みどりさんの部屋を、訪ねてきませんでしたか？」

と、十津川が聞いた。

「いや、誰も訪ねてきませんでしたね」

と、木村は、答えた。

そのあと、十津川と亀井が、早乙女みどりの名前で、預金口座があるというM銀行世田谷支店に行き、支店長に会うと、ここでは、こんな話を聞かされた。

「あのマンションの諸経費の引き落としですが、実は、早乙女みどりさんが、亡くなるにこちらに、いらっしゃって、去年の十二月までに、引き落とされる金額を、お聞きになって、それを除いた預金を、全て、引き下ろしていかれたんですよ」

　支店長が、書類を見ながら、十津川に、いった。

「それは、いつのことですか？」

「たしか、早乙女さんが亡くなったのは、去年の十月十五日ですから、その十日ほど前の、十月五日の月曜日です。手続きの書類に、その日付が、入っていますから」

「引き出した金額は分かりますか？」

「はい、一千万円でした」

「引き下ろす時、早乙女みどりさんは、何かいいましたか？　例えば、これこれの理由で、ちょっと、まとまったお金がいる。だから、預金を、引き下ろすんだといったような理由を、支店長に話しましたか？」

「いえ、何も、おっしゃいませんでしたね。こちらとしては、早乙女さん自身の、預金ですから、何にお使いになるのですかと、お聞きするわけにもいかず、すぐその場で、現金にして、お渡ししました」

「その時、早乙女みどりさんは、ひとりで、この銀行に、来たんですか？」

「ええ、そうです。おひとりで、いらっしゃいました」

「その時の、早乙女さんの様子は、どうでしたか？　急いでいるような感じでしたか？」

「そうですね、銀行が閉まる、三時ぎりぎりに来られたせいか、何だか、急いでいらっしゃいましたよ」

支店長が、いった。

支店長との話を終えると、十津川と亀井の二人は、近くの喫茶店に寄って、コーヒーを飲むことにした。

「高野妙子と、銀座に行ったのも、たしか同じ頃でしたよね？　亡くなる十日ほど前に、早乙女みどりの周辺で、何かがあったんですよ」

亀井が、いう。

「私も同感だ。たぶん、そうだと思うね。高野妙子は、亡くなる前の週の日曜日、十月四日に、早乙女みどりに、誘われて、銀座に行ったといっている。その時、早乙女みどりは、何か大きな、問題を抱えているようで、それを、相談しようとしていたのではないか？　結局、自分の身に何かあったら、娘の由紀に、手紙と包みを渡すように、依頼されただけで、何も、相談されずに、別れてしまったと、高野妙子は、証言している。今会った、M銀行の支店長の話では、十月五日というから、高野妙子と、銀座に行った日曜日の翌日、月曜日だ。その月曜日に、早乙女みどりは、銀行に来て、普通預金から、十二月までのマンションの必要経費を除いた残りの一千万円を、現金で引き下ろしてしまったと、支店長は、いっていた」

「そうですね、自分の預金を、引き出した日から十日後に、早乙女みどりは、亡くなったんです。しかも、その亡くなり方が、おかしい。蘇我病院の院長の元の妻、高野妙子の証言によると、夫の院長は、知人から頼まれて、ニセの診断書を書いたと、妻に告白したということです。明らかに、病死ではなかったということですよ」

「その後、三人もの人間が、続けて、殺されているから、この方向から見ても、早乙女みどりの死が、単なる病死であるはずはないね」

その日の、捜査会議では、十津川が、高野妙子の証言と、M銀行世田谷支店の支店長の話を、三上刑事部長に、説明した。

「早乙女みどりは、明らかに、自分の身に、危険が忍び寄っていることに、気が付いていたんです。一千万を持って、パリの娘のところに、行こうとしたのかもしれません。しかし、逃げ切れない場合に備えて、手紙を書き、高野妙子に、万が一の時は、それを由紀に渡してくれるよう、頼んだのでしょう。現金が入った包みもです。手紙には、自分は井ノ口社長の秘密を知っていて、脅迫されている。もし自分が、行方不明になったり、死体で発見されたりしたら、彼に殺されたと、思ってほしいと、書いてあったと思われます」

そのあと、三上は、

「つまり、君は、早乙女みどりの死は、病死や事故死、自殺などではない。彼女は、何者かに、殺されたんだと、思っているわけだね？」

「私は、そう、思っています。だからこそ、今になって、三人もの男女が、復讐のために、続けて殺されたのです。おそらく、井ノ口社長と本間敬之助、そして瀬戸晴子の三人は、早乙女みどりの殺害に、かかわっているんじゃないかと思います。そして、その殺人を隠ぺいするために、蘇我院長に、ニセの診断書を、書かせたのではないかと、思っています。主犯は井ノ口社長ではないでしょうか。一番金を持っていますし、その金の力で、本間敬之助や瀬戸晴子、そして、蘇我院長を、この殺人事件に協力させたんだと思います。去年の十月中旬に、早乙女みどりが死んだあと、この井ノ口社長以外の三人は、急に羽振りが良くなって、周囲の人はみな、驚いていたようです。早乙女みどりの娘の由紀は、母親からの手紙を読んで、井ノ口社長を、母親殺しの主犯と確信して殺害し、その後、本間敬之助と瀬戸晴子が、実行犯だと知って、復讐のため、次々と殺人を犯したのだと考えています」

「それでは、今、君が、説明したことを、短くまとめてみよう」

三上刑事部長は、珍しく、自分から話をまとめていく。

「今回の一連の事件の発端は、早乙女みどりという五十歳の女性、銀座でクラブのママを、やっていたのだが、その女性の死から始まっている。心不全という病気による死亡だとする診断書が出ているが、よく調べてみると、この診断書は、ニセ物で、これは殺人だった。殺された早乙女みどりには、実は、周囲の人には、内緒にしていたが、ひとり娘がいた。娘の名前は、由紀、二十五歳だ。彼女は、病死に見せかけて殺された、母親の仇を討つことを決意した。最初に殺されたのは、井ノ口博也、六十歳、製薬会社の社長だ。二人目は、本間敬之助という、五十歳の俳優。三人目は、瀬戸晴子、五十歳。銀座にある瀬戸ビルのオーナーだ。今回、蘇我病院の院長である、蘇我良太郎が、行方不明になっている。これも、由紀が誘拐したものと、考えられる。もし、この蘇我院長が殺されれば、四人目の、犠牲者ということになる。この四人、井ノ口博也、本間敬之助、瀬戸晴子、蘇我良太郎は、おそらく、早乙女みどりの死に、関係しているのだろう。だから、狙われた。ここまでは、たぶん、間違いないだろう。どうだね？」

三上が、十津川を見た。

「間違っていないと、私は、思っています」

「ところが、全て、状況証拠で、確固たる証拠はない。そうだね？」

「その通りです。刑事部長がいわれたように、早乙女みどりという銀座のクラブのママが、殺されて、心不全による病死ということで、処理されました。そのことを知って、娘が、母親の仇を、討っていきました。そのために、三人の男女が、続けて殺され、ひとりの男が、現在、行方不明になっています。今、刑事部長がいわれたように、直接証拠は何もなく、あくまでも、状況からの推測でしかありません。早乙女みどりが、なぜ、殺されたのか、その理由も分かりません。蘇我院長は、早乙女みどりは殺されたのに、死体を診ることもなく、ニセの診断書を書きました。だから狙われて、現在、行方不明に、なっています。これは、はっきりと、分かっていますが、ほかの三人が、なぜ、狙われて、殺されたのか？　そして、早乙女みどりの死と、どう関係しているのか？　今のところ、それも、分かっていません」

「由紀という、二十五歳の女性が、死んだ母親の名前を使って、三人の男女を殺し、ひとりの男を、誘拐した。これは、間違いないだろう？」

「直接証拠は、ありませんが、状況証拠は全て、今、刑事部長がいわれたように、由紀が、犯人であることを示しています。しかも、井ノ口社長殺害現場で採取された指紋は、早乙女みどりのマンションで採取された指紋と一致しています。ですから、私も、今回の、一連の殺人事件の犯人は、この由紀と考えていいと思っています」

「それなら、まず、早乙女由紀の、逮捕状をもらって、指名手配をしよう」

三上が、強い口調で、いった。

捜査本部は、由紀の本当の姓は、分かっていなかったが、自称早乙女由紀として、三人の男女に対する殺人容疑で、逮捕状を、請求した。

行方不明の、蘇我院長の誘拐容疑の逮捕状を請求しなかったのは、まだ、由紀の犯行という容疑が、かたまって、いなかったからである。

5

逮捕状が下りたので、早乙女由紀（自称）、二十五歳を、全国指名手配にした。

そして、十津川は、北条刑事に、殺された井ノ口社長と、本間敬之助、瀬戸晴子との間に、何らかの接点がないか、捜査を命じた。

十津川が今、知りたいことは、もちろん、容疑者、早乙女由紀の、行方である。

十津川は、念のために、北海道警捜査一課の井崎警部に電話をした。

電話口の井崎警部に、今までに、分かったことを説明した後、

「亡くなった早乙女みどりは、娘の由紀に、いつも、自分の故郷、室蘭市母恋町のことを話していたそうです。現在、早乙女由紀は、母親の仇を討ちつつありますが、自分と母親の故郷である、室蘭市母恋町に行くことも考えられます。また、母恋町の正眼寺という寺には、早乙女家の墓が、ありま す。そこで、道警に、お願いですが、この正眼寺の周辺を、監視していただけませんか？　早乙女由紀の似顔絵は、先日、本間敬之助刺殺事件の時に、お互いに、確認していますので、それで、手配をお願いします」

「今、十津川さんの話を聞いていると、捜査は、突然、核心に迫って来たような気がしますが、しかし、いろいろな証拠は、指紋が一致するというだけで、それ以外の直接証

拠は、まだ見つかっていないようですね」

と、井崎が、いった。

十津川は、苦笑するより、仕方がなかった。

「井崎さんの、いわれる通りで、井ノ口社長の殺害現場にいた、早乙女みどりと名乗る若い女と、本物の早乙女みどりのマンションにあった指紋が一致したのですが、由紀が井ノ口社長を毒殺したという、直接証拠が何もなくて、困っています。今回の一連の事件について、いろいろと、知っていると思われる早乙女みどりは、すでに死んでしまっていますし、井ノ口社長も、本間敬之助も、瀬戸晴子も、全て、殺されてしまったので、話を聞けません。唯一、まだ話を聞ける、可能性があるのは、行方不明になっている蘇我病院の蘇我院長です。彼が、まだ、殺されずにいてくれれば、いろいろと、話を聞くことが、できると思っているのですが」

十津川は、蘇我院長が見つかれば、多くの謎が解けると、思ったが、蘇我院長が見つかるのを、漫然と待っているわけにもいかなかった。その前に、小さな疑問を、少しずつ、解明していく必要もある。

そこで、十津川は、早乙女みどりの葬儀があった寺を、訪ねることにした。

清勝寺(せいしょうじ)という寺である。場所は、成城学園の近くで、北海道の、室蘭市母恋町の、正眼寺とは、別の宗派の寺である。

二人は、その寺の、住職に会った。

「ええ、あの葬式のことは、今でもよく覚えていますよ。亡くなった方は、五十歳の銀座のクラブのママだったと、聞いています」

住職が、いった。

「どんな感じの、葬儀でしたか？」

「参列者が少なくて、寂しい葬儀でしたが、何となく、参列者の様子が妙だったので、それで、よく覚えているのです」

「どんなふうに、妙だったのですか？」

「葬儀を取り仕切ったのは、亡くなった早乙女みどりさんの店のマネージャーさんで、この人が、故人は身寄りもなく、お金もないので、出来るだけ葬儀は簡単にしてほしいと、いってきました。このマネージャーさんは、一応、悲しそうな顔をされていましたが、ほかの参列者が、何というか、こんなところには、来たくない、誰も、そんな顔をしていましたね。葬儀が終わると、皆さん、サッサと、帰ってしまわれましたよ。遺骨は、マンションの管理人が、身寄りの方が見つかるまで、一時、預かることになったと、聞いています」

と、住職が、いう。

「それでは、少ない参列者の顔とか、名前は、覚えておられますか？」

「名前は、覚えていませんよ。なぜだか、知りませんけど、受付もなく、参列者は、署名をしていかれませんでしたから」

と、住職が、いう。

十津川と亀井は、用意してきた写真を、住職の前に、並べた。

その中には、井ノ口博也、本間敬之助、瀬戸晴子、そして、蘇我院長の写真も、混ぜてあった。

住職は、しばらく、それらの写真を見ていたが、

「この人たちは、葬儀に、参列していたような記憶があります」

あっさりと、井ノ口博也、本間敬之助、瀬戸晴子、蘇我良太郎の四人の顔写真を、選んだ。

「この四人の方は、参列していました。覚えていますよ」

住職は、十津川に、いった後、さらに、

「それから、この写真にはありませんが、参列者の中で、ときどきテレビで顔を見る人が来ていました。名前が思い出せないのですが」

「タレントですか？」

「タレントかどうかわかりませんが、顔は、俳優の織田幸太郎にそっくりな人でした。歳は、織田幸太郎より、だいぶ上ですが」

織田幸太郎といえば、十津川も知っている、脇役の俳優だ。

「確かに、あの顔の人物に、見覚えがあるんですね？」

「ええ、あの顔は忘れませんね。なにしろ、葬儀の参列者も少なかったし。その中でも、この人に、みんなが気をつかって、いろいろと、世話を焼いたり、ご機嫌をとったりしていましたよ」

と、住職がいった。

本部に戻った十津川は、織田幸太郎の顔写真を参考にして、似顔絵を作らせた。西本刑事に、出来上がった似顔絵を持って、早乙女みどりの葬儀が行われた寺に、行かせた。

住職は、似顔絵を見て、葬儀に参列した人に、よく似ているといった。

この顔によく似た男が、葬儀に、参列していて、殺された井ノ口社長や、本間敬之助、瀬戸晴子たちが、ご機嫌をとっていたとすると、その男も、今回の事件の重要な関係者に違いない。

それを考えると、この男も、また、一刻も早く、見つける必要があった。

殺された井ノ口社長と、本間、瀬戸の接点を調べていた北条刑事から、報告が来た。

「瀬戸晴子は、早乙女みどりと、六本木時代からのホステス仲間で、付き合いは三十年近くになるということです。二人とも、ホステスとして、ライバルであり、親友でもあったそうです。早乙女みどりの方が、経営の才覚があったとのことで、高級クラブのママに収まり、一方、瀬戸は銀座でも、大衆バーの雇われママをしていたそうです。その店に、早乙女みどりの店から締め出された本間敬之助が、顔を出していたというウワサです。クラブ『みどり』は、一晩十万円を超える料金ですが、瀬戸がママをしていたクラブ『香里』は、飲み放題で、二万円弱だったと聞いています。本間が来ると、いつも話し相手は、瀬戸晴子だったそうで、どんなことをしても、金持ちになって、早乙女みどりを見返してやりたいと、二人で話していたそうです」

と、十津川は、いった。

「井ノ口社長は、そんな安クラブには、顔を出さないだろうな」

「いえ、それがそうでもないんです。クラブ『みどり』が満員の時は、井ノ口社長は、時間待ちと称して、瀬戸晴子の店に、立ち寄っていたと、バーテンが証言しています」

北条刑事からの報告を聞いて、そのクラブで、井ノ口社長は、早乙女みどりを恨んでいる本間敬之助と、妬んでいる瀬戸晴子を、早乙女みどり殺害計画に、引き込んだのだろうと、十津川は、想像した。

第六章　最後のひとり

1

早乙女みどりの寂しい葬儀の時に、

「こんな感じの男が来ていた」

と、住職が証言した俳優の織田幸太郎は、早乙女みどりの葬儀の日には、沖縄へ、テレビドラマの撮影に、行っていたことが、確認された。

当然、織田が、全く関係のない、早乙女みどりの葬儀に、参列することはない。

実際に、早乙女みどりの葬儀に、参加したのは、この織田幸太郎によく似た、別人の男ということになってくる。

十津川は、銀座にあるクラブ「みどり」を訪ねた。早乙女みどりは、高野妙子の話によれば、クラブの経営者といっても、雇われママに近かったのだろう。それを証明するように、クラブ「みどり」は、古参のホステスが、ママになり、営業していた。

十津川は、そこで、バーテンや、マネージャー、ホステスたちに会い、その似顔絵を見せながら、聞いた。

「この似顔絵とよく似た男が、この店に、何回か、来ているはずなんです。この顔に、見覚えは、ありませんか？」

店に来ている客の中で、といわれて、似顔絵を見せられたホステスのひとりが、

「ねえ、この人だけど、川口先生に似ているんじゃない？　よく似ているわよね？」

と、ほかのホステスやバーテンの顔を見回した。

その言葉を、受けて、バーテンも、

「そういえば、たしかに、川口先生に、似ているな」

「先生というと、例えば、大学の教授か何かですか？」

十津川が、聞くと、ホステスのひとりが、笑った。

「先生といっても、勉強のほうの、先生じゃなくて、政治家の先生」

「政治家の先生ですか」

「たしか、厚生労働省の、大臣じゃなかったかしら？」

別のホステスが、いった。

「ああ、そういえば、新聞にも写真が載っていたわね」

別のホステスも、同意した。

そういわれれば、十津川も、新聞やテレビでよく似た顔を見たことがある。たしかに、厚生労働大臣の川口である。

「この店には、川口大臣が、しばしば遊びに来ていたんですか？」

「ええ、お見えになっていましたよ。常連のお客さんというわけではありませんが、よく、いらっしゃっていました」

答えたのは、これまで黙っていた、大島秀夫というマネージャーだった。

「井ノ口社長が、連れてきて、二時間ほど一緒に、飲んで帰るという、そんな感じでしたね。ですから、川口大臣が、お見えになる時は、いつも井ノ口社長が一緒でね。後で、お聞きしたら、お二人は、大学時代の、同窓生だということでしたよ。亡くなった井ノ口社長が、そう、いっていましたから」

「あなたは、早乙女みどりさんが、亡くなった時の、第一発見者ですね？　彼女の遺体を見つけて、蘇我院長を呼んだ。そして、管理人に警察へ連絡させたのも、あなたということですね？」

と、十津川は、聞いた。

「はい、そうです。ママが出勤して来なかったので、電話をしましたが、応答がなく、何かあったかと思い、マンションを訪れました。管理人と一緒に、部屋に入った時、べッドに横たわっている、ママの姿が、目に入りました。何度か呼びかけたんですが、返事がなくて、意識を失っているのかと思い、ハンドバッグの中にあった診察券を見て、主治医の蘇我先生に来てもらったのです。以前から、蘇我先生のことは、ママから聞いていましたから。ところが、管理人の人が、ママの体は冷たくなっていて、すでに死んでいると、いうものですから、警察に連絡を頼みました。最初に先生が来られて、診断の結果、心臓発作による病死だとなったので、その後、駆け付けた警察官も、納得して帰られましたよ」

「それで、管理人が死亡届を、役所に提出し、葬儀を行った。もちろん、あなたも、参列しましたね。その時、川口大臣も、参列していましたか？」

「ええ。ママには、身寄りがないと、聞いていましたから、店のなじみのお客様に、私が連絡して、参列していただきました。生前、華やかなママだったんですから、見送る人が少ないのは、あまりにかわいそうだと思い、お願いしたんです」

「その、あなたが、声をかけたという参列者の中で、井ノ口社長、本間敬之助、瀬戸晴子の三人が、殺されているんですよ。そして、蘇我院長も、行方不明になっている。どうしてなのか、あなたには、分かりますか？」

「私に分かるわけ、ありませんよ。私も、気味が悪いと思っているんです。まさか、私まで、殺されるんじゃないかと、気が気じゃありません」

大島は、冗談っぽくいったが、その顔は、明らかに青ざめていた。

「その葬儀を、取り仕切ったのは、あなただと聞いていますが、葬儀にかかった費用は、どなたが支払ったんですか？」

「簡素な葬儀だったんですが、それでも五十万円は、かかったと思います。ママと長い付き合いで、常連だった井ノ口社長が、ポケットマネーで、支払ってくれました」

「川口大臣が、ここに、飲みに来る時は、いつも、井ノ口社長が、一緒だったといわれましたが、川口大臣が、井ノ口社長とは別に、ひとりで、飲みに来ることは、なかったんですか？」

亀井が、聞いた。

「いいえ、いつも井ノ口社長と一緒でした。大臣が、ひとりだけで、来たことは、一回も、ありませんね。というのも、料金は、いつも、井ノ口社長が払っていましたから」

「川口大臣と一緒に、この店に来た時の、井ノ口社長の様子は、どうでしたか？　ほかの人と来た時と、同じでしたか？　それとも、違いましたか？」

「大学時代の同窓生ですから、親しそうに、話していらっしゃいましたが、時には、井ノ口社長のほうが、妙に、へりくだった態度を、川口大臣に対して、見せている時もありましたよ」

「それは、川口さんが、大臣だからですかね？」

「そのことも、少しは、関係していると思いますね。何しろ、川口さんは、厚生労働省の大臣で、厚生労働省は、新薬販売の認可の権限を、持っている役所ですからね。井ノ口さんのほうは、製薬会社の社長だから、いくら大学時代の同窓生だとはいっても、川口大臣に対して、立場上、頭が、上がらないことも、あったんじゃないですかね？　そんな感じがありましたよ」

「ママの、早乙女みどりさんは、川口大臣に対しては、どういう感じで、接していたのですか？」

「ママは、川口大臣には、かなり気をつかっていましたね。井ノ口社長が、親友であり、会社が急成長した恩人でもあると、常日頃、川口大臣のことを、口にしていたので、腫れ物に触るように、接待していました。如才ないママだから、川口先生、川口先生と、盛んに持ち上げていましたね」

「それでは、ママの早乙女みどりさんと、川口大臣の間には、何も、なかったんですか？」

「何もなかったといいますと？」

「例えば、男と女の関係ですが」

「何も、ありませんでしたよ。ただのママと、お客の関係です」

マネージャーが、笑いながら、いう。

「もう一度、念を押しますが、早乙女みどりさんと、川口大臣の間には、本当に、何もなかったのですね？」

「ええ、ありませんでした。本当です」

マネージャーが、強い口調で、いう。

その時、ホステスのひとりが、こんなことをいった。

「でも、ほら、川口先生は、ウチの店を辞めてアメリカに行った、ホステスの詩織さんを、気に入ってたんじゃないかしら？」

「その娘は、なぜ店を辞めたんですか？」

亀井が、聞く。

「井ノ口社長の、軽井沢の別荘で、川口大臣のバースデイ・パーティがあったんですよ。井ノ口社長は、今もいったように、川口大臣とは、大学時代の同窓生で、井ノ口社長は日頃から、川口大臣の誕生祝いは、ぜひ、自分の軽井沢の別荘で、やらせてほしいと、前々からいっていたらしいのですよ。その誕生パーティを、開くことになって、ウチのママと、もうひとり、ホステスの詩織さんが、呼ばれたんです」

ホステスのひとりが、いった。

「ママの早乙女みどりさんが、呼ばれたのは分かりますが、どうして、その、詩織というホステスさんが、大臣の誕生パーティに、呼ばれたんですか？」

「詩織さんは、フルネームは、伊藤詩織さんというんですが、彼女は、この業界では、珍しい、大学出のホステスさんで、教養があって頭がよくて、英語が、堪能なんですよ。それで、川口大臣も、詩織さんのことを、特別贔屓にしていましたから。川口大臣が店に顔を出すと、必ず井ノ口社長がママに命じて、詩織さんを同席させていました。川口大臣は、彼女を目当てに、この店に来ていたんじゃないでしょうか。それで、呼ばれたんだと思いますね」

「その時は、何かなかったんですか？　軽井沢で、何かあったということは、ありませんでしたか？」

「いや、特に、何もなかったと、思いますよ。パーティの翌日も、ママは、普通通りに店に出ていて、ちょっと、疲れたような顔はしていましたけど、いつものように、働いていましたから」

バーテンが、いった。

「それで、ママと一緒に、軽井沢の別荘に呼ばれた、伊藤詩織さんというホステスさんは、どうなりました？」

「詩織さんのほうは、その日を境に、店を辞めて、ひとりで、アメリカに、行ってしまいましたよ」

ホステスのひとりが、いった。

「アメリカに、行ったんですか？」

「ええ、何でも、もう一度、勉強をやり直したい。学生時代から、アメリカに留学したいと思っていたからということで、アメリカに行ってしまったんです。おそらく、今頃、向こうで、何かの、勉強をしているんじゃないかしら？」

「ママの早乙女みどりさんは、何か、いっていました？」

「詩織ちゃんは、ファンのお客さんが、多いから、私としては、もう少しウチで、働いていてほしかったけど、彼女は、彼女で、一度、アメリカに留学して、別の人生を、歩んでみたいというんだから、応援するより仕方がないわね。ママは、そういって、いましたね」

「伊藤詩織さん自身は、どういっていたんですか？」

　十津川が、聞くと、マネージャーが、

「いや、本人に聞くも何も、八月十六日、詩織さんは、井ノ口社長の、軽井沢の別荘に呼ばれていって、川口大臣の、誕生パーティに、出席した後、翌日から店には顔を出さないで、成田を発って、アメリカに行ってしまったんですよ」

　マネージャーが、小さく、肩をすくめるようにした。

「伊藤詩織さんは、アメリカに行く前に、店に顔を出して、皆さんに、お別れをいったりはしなかったんですか？」

「ええ、軽井沢から、自宅マンションに戻って、翌日、アメリカに向けて、出発してしまったらしいのですよ。ママが、店のみんなに、別れの挨拶をしてから、出発したらと、勧めたら、彼女は『いろいろ渡米の準備があり、忙しいので、ママからみんなに、よろしく伝えてください』と、いっていたそうです。店の同僚や、私たちには、何の挨拶もなしでしたね。まあ、店にいた時から、近いうちに、アメリカに留学するつもりだと、いっていましたし、ちょっと、変わった性格の女性でしたから、彼女らしいなと、その時は、思いましたよ」

バーテンが、笑った。

十津川は、ホステスやバーテンたちの話を聞いているうちに、何となく、その伊藤詩織という女性のことが、気になって、ホステスのひとりから、伊藤詩織と一緒に、写っている写真をもらい、どんな女性だったかを、聞いて回ることにした。

伊藤詩織、年齢二十五歳、N大の英文科を卒業、その後、早乙女みどりのやっていた、銀座のクラブ「みどり」で、ホステスとして働くようになった。

「彼女、前々から、アメリカに行って、二、三年、勉強したいといっていたんですよ」

バーテンが、十津川に、いった。

その後、二ヵ月ほどして、早乙女みどりが、亡くなっているのだ。

十津川は、最後に、聞いた。

「伊藤詩織さんの郷里が、どこだか、ご存じですか?」

「詳しいことは、分かりませんけど、何でも、山形らしいという話は、聞いたことが、ありますよ」

　バーテンが、いった。

　同僚のホステスたちも、バーテンの言葉に、うなずいている。山形ということは、聞いてはいたが、山形のどこかは、知らないという。

　十津川と、亀井は、店を出て並木通りを歩いた。

「早乙女みどりの第一発見者だという、あのマネージャーは、信用できませんね。普通だったら、まず救急車を呼ぶでしょう。それなのに、医者を呼んでいる」

　と、亀井は、いった。

「意識を失っているだけだと思い、医者を呼んだといっているが、死んでいることが分かっていたからこそ、医者を呼んだんだともいえる。ニセの死亡診断書を、書かせるためだ。それに、自分まで殺されるんじゃないかとまで、いっていたが、とても、冗談とはいえない口ぶりだった。あの男も、早乙女みどりの死に、なんらかの関係があるに違いない」

　と、十津川は、いった。

　翌日、西本刑事に命じて、マネージャーの周辺を調べさせた。

その結果、去年の暮れ、目白に一億円もするマンションを、購入したことが分かった。

あの男も、早乙女みどり殺害に協力して、大金をせしめたのだろう。

蘇我院長が殺されれば、次の標的は、あのマネージャーだろうと、十津川は、推測した。

引き続き、西本刑事に、大島秀夫を見張らせることにした。

十津川は、伊藤詩織が、ホステス時代に住んでいたという、四谷三丁目のマンションに行ってみることにした。

四ツ谷駅から歩いて、十五、六分のところ、四谷左門町にある、独身者用のマンションである。

すでに、九ヵ月が経過しているので、伊藤詩織が借りていた部屋には、もう新しい居住者が入っていた。

ただ、管理人は、当時と同じ、六十代と思われる男だった。

「このマンションの、五〇二号室に住んでいた伊藤詩織という、女性についてお聞きしたいのですが、覚えておられますか?」

十津川が、管理人に、聞いた。

「ええ、五〇二号室の、伊藤さんでしたら、よく覚えていますよ。若くて、きれいな人で、たしか、銀座のクラブで、ホステスをやっていた人でしょう?」

「ええ、そうです。伊藤さんですが、九ヵ月以上前に、突然、向こうで、勉強するといって、アメリカに行ってしまったと聞いたんですが、アメリカに行った日のことを覚えていますか？」

「はい、急に姿が見えなくなったので、よく覚えています。行方不明になってしまって、その後が、大変でしたからね。彼女がいなくなって、何日か経って、伊藤詩織さんの親戚だという人が、彼女から部屋の契約解除を頼まれたと、訪ねてきました。部屋の荷物を、運び出して、いったんです」

「親戚の人が、来たんですか？」

「そうですよ。五十五、六歳の男の人で、何でも、伊藤詩織さんの、叔父に当たるといっていましたね。部屋の鍵を持っていたので、信用しました。このマンションの部屋の鍵は、複製が出来ない特殊なもので、管理人の私と、居住者が、一つずつ、持っているだけですから。その人は、部屋の中に残されていたものを、始末して、帰っていきました」

「伊藤詩織さんの故郷は、どこだか、分かりますか？　店のホステスたちの話では、山形らしいのですが、山形のどこかとか、両親が、何をやっていたかとか、もっと詳しいことをご存じではないですかね？」

「ええ、彼女が、山形の出身であることは、間違いないですね。たしか、二年ほど前に、伊藤さんの、山形のご両親から、年賀状をいただいたことがありますよ」

「年賀状ですか」

「ひどく、律儀なご両親と見えて、そちらのマンションに、娘がお世話になっているそうで、よろしくお願いしますという、丁寧な年賀状をいただきましたよ。たしか、どこかに仕舞ってあるはずです。必要でしたら、探してみましょう。すぐに、見つかると思いますよ」

管理人は、そういって、五、六分、管理人室を探していたが、問題の年賀状を、見つけて、十津川に、見せてくれた。

年賀状に、書かれてあった住所は、山形県天童市で、どうやら、サクランボの果樹園をやっていると、いうのだ。

西本刑事から、見張っていたマネージャーの大島秀夫が、姿をくらましたという報告が、入ってきた。

銀座の店を突然辞め、自宅の高級マンションにもいないというのだった。

大島は、蘇我院長が行方不明と聞いて、自分の身に危険が迫っていることを悟り、逃げ出したのだと、十津川は思った。

いずれ、大島は捕まえるが、今は、無事に由紀の魔手から逃げ切れることを、願わずにはいられなかった。

もうこれ以上の殺人は、なんとしても、阻止しなければならないと、十津川は誓った。

2

十津川は、捜査本部に戻ると、三田村と日下(くさか)の二人の刑事を呼んで、山形県天童市に行って、伊藤詩織の両親に会い、今、アメリカに行っているはずの、詩織のことを聞いてくるように、指示を与えた。

二人の刑事は、すぐ、天童市にある、伊藤詩織の実家である、伊藤果実園に向かった。

三田村と日下が、向こうで伊藤詩織の両親に会った後、意外な事実を、電話で知らせてきた。

「両親は、娘の詩織さんが、アメリカに行っていることは聞かされたが、その後、九ヵ月以上、娘さんからの手紙も来なければ、電話もかかってこないそうです」

三田村が、いった。

「九ヵ月間、音信がなくても、娘さんが、アメリカに行っていることは、知っているんだね？」

「はい。そうです」

「それじゃあ、一応、天童の両親に、連絡をしてから、アメリカに、行ったんだな？」

「いや、警部、そうではなくて、娘の詩織さんは、今、アメリカに、行っていますと、手紙で知らせてきたのは、どうやら、早乙女みどりらしいんですよ。去年の八月末の消印のある、その手紙を、見せてもらいました」

「手紙で、どんなふうに、両親に、書いているんだ?」

「手紙の全文を、写してきましたから、今から読んでみます」

三田村が、その手紙を読み始めた。

「詩織さんは、私のところで、働いておりましたが、急に、ホステスを辞め、しばらくアメリカに行って勉強をしたいと、いい出したので、ビックリしました。私は、詩織さんが、大学を出ていて、頭がよく、英語が堪能だということも、知っていましたから、詩織さんがアメリカに行くことに、全面的に賛成しました。ただ、何しろ慌ただしいことで、たぶん、ご両親にも、詩織さんは、連絡していないと思います。でも、無事にアメリカに着き、元気で、新しい生活を始めたということですので、ご安心ください。そのうちに、詩織さんからご両親にも、連絡が来ると思います。なお、マンションを整理する時間もないということで、詩織さんから、部屋の鍵を預かっておりましたので、お送りいたします」

「こういう手紙が、早乙女みどりから、天童市の、伊藤詩織さんのご両親のところに、届いていたそうです。そこで、水戸市に住んでいる叔父に頼んで、部屋の荷物を整理し、契約を解除したそうです」

三田村が、電話を切った。

川口厚生労働大臣の、誕生日は、八月十六日ということに、なっている。去年の八月十六日に、井ノ口という、製薬会社の社長の持っている軽井沢の別荘で、川口大臣の誕生パーティが行われた。

そのパーティには、早乙女みどりと、彼女の店で、ホステスをやっていた、二十五歳の、伊藤詩織という女性が、呼ばれていた。

この伊藤詩織は、大学を出ていて頭がよく、英語も堪能だったので、川口大臣や、井ノ口社長に可愛がられていたのだが、そのパーティの翌日の十七日、突然、アメリカで勉強をするといって、店にも、顔を出さずに渡米してしまった。

その後、山形の両親にも、彼女からの、連絡が、全くないという。

十津川は、伊藤詩織が渡米したという、八月十七日に、本当に、伊藤詩織が、成田国際空港から、出国しているかを、調べてみることにした。

そのため、西本と北条早苗の二人の刑事を、成田にやった。

成田の出入国管理事務所に行って、二人の刑事が、調べてみると、去年の八月十七日に、伊藤詩織という女性が、出国したという事実は、全くなかった。念のため、八月十八日から、今日までの九ヵ月間も、調べてみたが、やはり、結果は、同じだった。

つまり、出入国管理事務所の、記録を見る限りでは、伊藤詩織は、出国しては、いないのである。

もちろん、成田からではなく、関西国際空港や、別の飛行場から、出国した可能性も、ゼロではない。

しかし、東京に住んでいた、伊藤詩織が、アメリカに行くのに、成田以外の飛行場を使うというのも、考えられない。

と、なると、伊藤詩織は、軽井沢での、川口大臣の誕生祝いのパーティに、出席した時、事件に巻き込まれた可能性がある。

それで、行方不明に、なってしまったのではないかと、十津川は、思った。

十津川は、亀井を連れて、軽井沢に向かった。

行く先は、井ノ口社長の別荘だった。

軽井沢駅から、タクシーで三十分ほどで、別荘地についた。

高級別荘地で、何十棟もの豪勢な別荘が、林の中に、点在していた。広大な土地全体が、高い塀で囲まれ、セキュリティは、万全であった。

そこを分譲した、大手不動産会社の、現地子会社が、管理を一手に引き受けている。

十津川は、ゲートのそばに建っている、管理事務所に行き、警察手帳を見せて、話を聞くことにした。

管理人は、五十代の南原（なんばら）という男で、二十四時間勤務の、一日交替制とのことだった。

十津川は、南原に尋ねた。

「R製薬の井ノ口社長が、殺されたことを知っているでしょう。ここにある彼の別荘で、去年の八月十六日に、盛大なパーティが開かれましたが、そこでなにか異常なことがなかったか、覚えていませんか？」

「そういえば、確かに、妙な出来事があった日でしたね。当日は、私が勤務していました。夕方から、東京のナンバーの高級車が、何台も、井ノ口社長のパーティに参加するために来ていました。夜の九時過ぎには、ほとんどのお客様の車がお帰りになり、十時過ぎには、当日会場の飲食を担当した、町の寿司（すし）屋や蕎麦（そば）屋、仕出し屋といった店のワゴン車が、ゲートを出て行きました。井ノ口社長をはじめ、川口大臣と、女性二人の四人は、お泊まりになると聞いていました。十二時までは起きていたのですが、出入りする車もないので、この事務所の奥の部屋で、仮眠していました。午前二時ごろだったと思いますが、突然、車のクラクションが、けたたましく鳴ったので、飛び起きてみると、ゲートの前に、顔なじみの川田昇（かわだのぼる）さんという、井ノ口社長の秘書の方が乗った車が、止まっていました。ゲートを開けてくれというので、何か急用ですか、と聞きましたら、

『大変なことが起きたんだ』といったとたん、ハッとした顔になって、『今のことは、聞かなかったことにしてくれ』といい、別荘に車を走らせていきました」

「その後、何か動きはなかったかね？」

「午前四時ごろだと思いますが、別荘から、車が二台、出てきました。一台の車は、先ほどの秘書の川田さんが運転していました。二台目の車は、中年の女性が運転していて、後部座席に、井ノ口社長と川口大臣が、乗っていました。この時、ちょっと様子が変だと、思ったものです。前日の夕方、お見えになった時には、この車に、若くてきれいな女性が乗っていたのを、覚えていたからです。女性二人が乗った車は、その一台だけだったので、記憶に残っていました。ところが、帰りの車には、その若い女性が乗っていなかったので、なにかあったのかと、思ったものです。二台の車とも、猛スピードで、走り去って行きました。あんな夜は初めてだったので、忘れられない一日でした」

と、管理人の南原は、いった。

伊藤詩織の身に、なにか重大なことが起こったのだと、十津川は、思った。

その日の午後、東京に戻った十津川は、井ノ口社長の秘書だという川田昇を、訪ねてみようと思った。

R製薬の秘書課に問い合わせると、川田は、井ノ口社長が殺された翌日の五月七日に、会社に辞表を出したということだった。

秘書課長に教えられた、川田のアパートに行ってみると、部屋はもぬけのカラだった。

川田と親しかったという、隣室の大学生は、正月に一緒に酒を飲んだ時、泥酔した川田が、「去年の夏、死体遺棄という、やばい仕事を手伝わされて、金をもらったが、犯罪の共犯者として、警察に捕まらないか、心配だ」と、いっていたと、証言した。

おそらく、川田は、社長の命令で、伊藤詩織の死体を、隠すことに、協力させられたのだろう。

もともと、気の小さい男だそうで、井ノ口社長が殺されたと知って、慌てて、姿を消したに違いない。

その日の捜査会議で、十津川が、この、伊藤詩織という女性のことを、問題にした。

「早乙女みどりが亡くなる二ヵ月前の話なのですが、彼女がママをやっていた銀座のクラブ『みどり』の常連の、井ノ口博也という製薬会社の社長と、その社長の、大学時代の同窓生で、現在、厚生労働大臣をやっている、川口大臣とをめぐって、少しばかり、気になる出来事が、ありました」

「どんなことが、あったんだ？」

三上刑事部長が、質問した。

「川口大臣の誕生日は、八月十六日です。それで、去年の、八月十六日に、井ノ口社長の軽井沢の別荘で、大臣の、誕生祝いのパーティが行われました。そのパーティに、早乙女みどりと、もうひとり、二十五歳の、若いホステス、伊藤詩織の二人が、招待されました。伊藤詩織は、ホステスとしては、珍しく大学の出身で、頭がよく、英語も、堪能だったので、ママの早乙女みどりに、可愛がられ、また、たまに、店にやって来る川口大臣や、常連の井ノ口社長にも、贔屓にされていたようです。

この伊藤詩織ですが、軽井沢のパーティの翌日、八月の十七日、突然、ホステスを辞めて、勉強したいといって、アメリカに出発してしまったそうなんです。この、伊藤詩織は、クラブの、同僚のホステスたちに挨拶をせず、山形県天童市の、両親にも何もいわずに、アメリカに、行ってしまいました。早乙女みどりは、店のバーテンやマネージャー、ホステスたちには、伊藤詩織というホステスが、勉強するといって、アメリカに旅立ってしまったと、話していますが、両親には、詩織からは、何の連絡もないそうです。

ちょっと気になったので、西本と北条の二人に、成田の、出入国管理事務所の記録を調べさせましたが、問題のパーティの翌日の八月十七日はもちろん、その後も、調べてみましたが、伊藤詩織という名前の女性が、日本を、出発してアメリカに行ったという記録は、ありませんでした」

「ということはだな、伊藤詩織という女性は、アメリカには行かず、まだ、日本国内にいる可能性が高いということだな？」

「そうです。私は、こういう結論に、達しました。去年の八月十六日、井ノ口社長の軽井沢の別荘で、親友であり、また、新薬の認可の権限を持っている、厚生労働省の川口大臣の誕生日パーティが、行われました。早乙女みどりと、伊藤詩織という、二人の女性が呼ばれました。どんなパーティだったのかは、分かりませんが、このパーティで、何か事件があったのではないかと、私は考えました。

別荘の管理人の証言では、パーティのあった翌日の早朝、井ノ口社長の秘書の川田昇という男が運転する車と、早乙女みどりが運転して、後部座席に、井ノ口社長と、川口大臣が乗った車が、別荘から走り去ったそうです。

おそらく、川田が運転する車のトランクには、伊藤詩織の遺体が、乗せられていたのだと、思います。死体と一緒の車に乗るのをいやがった井ノ口社長と川口大臣は、早乙女みどりが運転する車で、帰京した。この時、三人は、グルだったんじゃないかと、思います。そして、川田は、死体の始末を命令されたのだと、考えられます。この川田も、井ノ口社長が殺されてから、すぐに姿を消してしまいました。

断定的にいえば、パーティの席上で、伊藤詩織という二十五歳の女性が、殺されてしまったのでは、ないでしょうか？　もし、こんなことがあったとすれば大変です。

その夜、厚生労働大臣の、誕生パーティが終了し、大半の客が帰った後、井ノ口社長と川口大臣、それに早乙女みどりと伊藤詩織の四人が、残ったのです。

川口大臣は、若くて、美人で、教養もある、伊藤詩織を、以前から、自分の女にしたいと思っていた。それを知った井ノ口社長が、ママの早乙女みどりと示し合わせて、伊藤詩織を、川口大臣への貢物（みつぎもの）にしようと、企（たくら）んだのでしょう。酔って寝ていた詩織の部屋に、川口大臣が侵入し、襲いかかったが、酔いからさめた詩織は、必死になって抵抗した。井ノ口社長や早乙女みどりが、詩織を説得しているはずだと、考えていた川口大臣は、思わぬ抵抗にかっとなって、彼女を殴るか、押し倒すか、したのでしょう。

　詩織は打ちどころが悪くて、死んでしまった。殺人というより、事故に近いものかも知れませんが、傷害致死の罪は、間違いありません。こんなことが世間に知れたら、当然、川口大臣は、逮捕を免れないでしょうし、政治家としても失脚します。井ノ口社長や早乙女みどりも、マスコミに追い回され、共犯の疑いをかけられるかもしれない。そこで三人は、この事件を隠ぺいしようと、話し合ったと、思います。

　いちばん必死になるのは、井ノ口社長だと思うのです。自分の別荘で起きた事件ですし、今後、川口大臣には、新薬の認可などで、世話になるから、川口大臣に絶対に迷惑をかけるわけにはいかない。そこで、死んだ伊藤詩織が、急遽、アメリカに、行ったことにした。それで、早乙女みどりも、店の者には、伊藤詩織が、突然、アメリカに、行ってしまったと話したのです」

「しかし、その早乙女みどりも死んでしまったんだ。君の頭の中では、二つの事件は、繋がっているのかね？」

「間違いなく、繋がっています」

「いったい、どんなふうに、繋がっているのかね？」

「軽井沢の別荘での伊藤詩織の死は、川口大臣と、繋がっていると思います。そうでなければ、突然のアメリカ行きのような話は、でっちあげられなかったでしょう。別荘の管理人の証言や、井ノ口社長の秘書の川田が、アパートの隣室の学生に、漏らしたという話の内容からも、伊藤詩織が死んだことは、間違いないと、思います。

　問題は、早乙女みどりです。彼女には、生き別れた由紀という娘がいたのです。昔、同棲していた男との間に、生まれた娘です。みどりは数年前、その娘と再会したそうです。由紀というその娘は、今、フランスに短期留学していますが、由紀は、もっと長期の留学を希望しているようです。母親のみどりは、再会した由紀を、溺愛していたようです。幼いころ、娘を手放した罪滅ぼしに、その娘の希望を、かなえてやりたいと、医者の高野妙子に話していたということです。

　ですが、早乙女みどりには、フランスに、長期留学させるほどの資金や資産は、なかったようです。住んでいた高級マンションも、賃貸だそうですし、預金も、驚くほどの額ではありません。銀座の高級クラブのママといっても、このところの不況で、クラブの経営も、かなり苦しかったという話もあります。そこで、どうしても大金を手に入れたい早乙女みどりは、この事件をネタにして、井ノ口社長と川口大臣を、強請（ゆす）ったのではないかと、推測されます」

「それが、原因で、早乙女みどりは、口封じのために、殺されてしまった。君は、そう考えるわけだね？」

三上が、十津川を見る。

「そうです。おそらく、強請った金額が、あまりにも、高額だったのか、金を払ってもまた強請るだろうと思って、井ノ口社長も川口大臣も、これでは、早乙女みどりの口を、封じるより仕方がないと、考えたのだろうと、思うのです。川口大臣と井ノ口社長にとっては、早乙女みどりは、共犯者から、危険な脅迫者になってしまったのです」

「そうか、早乙女みどりの娘、早乙女由紀は、自分の母を殺した犯人に対して、復讐をしているんだな。それが今回の事件の原因だと、君は、考えているわけだね？」

「そうです。証拠は、まだ見つかっていませんが、こういう形で、起きている殺人事件であると、考えます」

「君の話からすれば、井ノ口社長が殺されたのは分かるよ。最初の殺人は、井ノ口社長の軽井沢の別荘で、起きているからね。しかし、次に殺されたのは、中年の売れない俳優の本間敬之助だし、三番目に殺されたのは、銀座のビルのオーナーである瀬戸晴子という女性だ。この二人は、川口大臣の、誕生祝いに、軽井沢の別荘に、呼ばれていないんだ。ということは、事件とは、何の関係もないと、思えるのだが、どうして殺されてしまったのかね？」

「その点については、いろいろと、考えました。早乙女みどりは、軽井沢の事件をネタにして、井ノ口社長と川口大臣を強請りました。脅迫された二人は、早乙女みどりの口を封じてしまおうと、考えたと思うのです。

北条刑事の捜査で、殺された井ノ口社長と本間敬之助、そして瀬戸晴子の関連が、解明されています。井ノ口社長から、大金で、早乙女みどり殺害を依頼された瀬戸晴子は、本間敬之助を連れて、去年の十月十五日に、早乙女みどりのマンションを訪ねた。マンションの管理人の出勤時間は、朝八時ですから、それより早い時間に行き、『仕事のことで、相談に乗って欲しい』などと理由をつけ、みどりがドアを開けた瞬間、本間が部屋に飛び込んで、ガウン姿のみどりを押さえつけて、二人がかりで、毒薬を飲ませて、殺したのだと思います。そして二人は、管理人が来る前に、姿をくらましました。

二人の出番はそこで終わり、今度は、夜、マネージャーの大島秀夫と、蘇我院長の出番だったということでしょう。本間敬之助は、早乙女みどりの高級クラブで、永い間、ツケで飲食していたそうです。だが、そのツケが溜まりに溜まって、巨額になり、最近は出入り禁止になっていたそうです。俳優稼業もぱっとせず、文無し同然で、なおかつ酒癖が悪く、酒乱だったと、聞いています。恩人の自分を邪険にしたと、早乙女みどりいでしょうか?」
を恨んでいたそうです。金になる仕事だったら、なんでもやるといっていたほどの、おちぶれようだったと思います。井ノ口社長は、この本間だったら、早乙女みどり殺害の誘いに応じると、考えたのだと、思います。そこに、顔なじみのホステス、瀬戸晴子がいれば、さらに、安心して、部屋に入れるのではないかと、井ノ口は、考えたのではないでしょうか?」

「その三人に、川口大臣は加わらなかったのか?」

「加わらなかったと思います。早乙女みどり殺害に、川口大臣が加わっていたとすると、万一、後で分かった時に、大変なことになりますから。井ノ口博也は、自分たちだけで、早乙女みどりを、始末しようと考えたに違いありません。そうすることによって、井ノ口は、川口大臣に、恩を売ることができますからね」

「なるほど。もうひとり、行方不明になっている蘇我病院の院長は、どう絡んでくるのかね?」

「さっきも説明したように、十月十五日に、井ノ口社長に命令された、本間敬之助と、瀬戸晴子が、早乙女みどりを殺害した後、出勤してこない早乙女みどりを心配して、マネージャーの大島秀夫が、みどりの自宅を訪ね、そこで死体を発見した。かねてから打ち合わせしていて、待機していた蘇我院長が呼ばれ、ニセの診断書を書いたという段取りでしょう。院長に、心臓発作で、死んだことにしたニセの死亡診断書を、書かせたんです。もちろん、その代償として、蘇我院長に、大金が渡されたことは間違いありません。蘇我院長は、その金を使って、病院の隣の、二百坪の土地を買い、今、そこは、患者用の駐車場になっています」

「三人目の瀬戸晴子は、ホステスを、やっていたのに、突然、銀座の、雑居ビルのオーナーになった。十二億円もの大金で買ったといっているが、その金も、銀行融資以外の金は、井ノ口社長が出したとみているんだな？　そして、マネージャーの大島秀夫も、井ノ口社長から、報酬をもらって、早乙女みどり殺害の隠ぺい工作に、協力したのだね。それで姿を消したわけか？」

「そう考えると、今回の一連の事件は、繋がっていくのです」

十津川は、自信を持って、いった。

3

翌日、十津川が捜査を終わって、捜査本部に帰ってくると、すぐ、本多一課長に呼ばれた。

十津川が、急いで一課長室に行くと、本多が、

「複数の民放テレビ局のホームページに、こんなメッセージが、送られてきた。ついさ

っき、相次いで届け出があった」

一枚の紙を、十津川に手渡した。

そこに書かれていたのは、たった一行の、メッセージだった。

「警告。のぞみ233号　新大阪行き」

「一見すると、ただのイタズラのようにも、見える。ただ、あまりにも、簡単すぎるメッセージなので、逆に私は、気になって、仕方がないんだよ」

本多一課長が、いった。

「同感です」

「今、私たちの最大の問題といえば、世間を騒がせている、例の連続殺人事件だ。このメッセージが、それと関係があるのかどうか、気になる。そこで、君に調べてもらいたいのだ。何か、この『のぞみ233号』で、事件を起こして、テレビで報道させようという、狙いがあるのか。事件とは関係のない、ただのイタズラなら、それはそれでいい。この短い、たった一行のメッセージが、何を意味しているのか、それを、大至急、突き止めてもらいたい」

「分かりました」

十津川は、自分の机に戻ると、すぐ、時刻表を調べてみた。

それを、亀井が覗き込む。

十津川は、東海道新幹線の、ページをめくった。

「のぞみ233号」は、列車番号が奇数だから、当然、下りの新幹線ということになる。

時刻表の、そのページを調べてみると、「のぞみ233号」新大阪行きは、東京を一四時〇〇分ちょうどに、出発し、終点の新大阪には、一六時三六分に、到着する列車であることが分かった。

今は、すでに十五時を過ぎているから、あのメッセージは、今日の「のぞみ233号」のことでは、ないはずだ。イタズラでないならば、少なくとも、明日以降の「のぞみ233号」に注意しろという警告に違いない。

「東京駅に行ってみよう」

そういいながら、十津川は、もう立ち上がっていた。

亀井と二人、パトカーで、東京駅に急ぐ。

東京駅には、駅長が二人いる。JR東日本の駅長と、JR東海の駅長である。

十津川と亀井の二人は、JR東海の駅長室に行き、そこにいた、駅長と助役の二人に、質問をぶつけた。

「明日の十四時発の『のぞみ233号』新大阪行きなんですが、この『のぞみ233

号』で、明日、何か、特別なことはありませんか？　例えば、何かいつもの新幹線とは、変わった、行事のようなものは、予定されていませんか？」

「いや、行事といったものは、何もありませんね」

助役が、答える。

「何かは、あるんですね？」

「そうです。明日の『のぞみ233号』で、川口厚生労働大臣が、京都に、行かれます。京都で、午後七時から、厚生労働省主催の国際会議が、開かれるんですよ。大臣は、それに、出席する予定です」

川口大臣という言葉に、十津川は、すぐ反応した。

「本当に、川口厚生労働大臣は、この『のぞみ233号』に乗って、京都に行かれるんですか？」

「明日と明後日の、二日にわたって、国際伝染病の感染についての、国際会議が開かれるのです。日本は、ホスト国ですから、川口厚生労働大臣も、首相代理で出席し、挨拶をなさるそうです。三日前から、席を確保しておくように、依頼されていました」

「川口大臣が、この『のぞみ233号』の何号車に、乗られるのでしょうか？」

「川口大臣は、SPと一緒に、9号グリーン車に乗られます」

「ほかは全部、一般の乗客ですね？」

「ええ、その通りです」

「のぞみ２３３号」新大阪行きの時刻表は、次のようになっている。


東京駅入線。十九番線ホーム一三時四三分。

東京発一四時〇〇分。

品川発一四時〇七分。

新横浜発一四時一九分。

名古屋着一五時四三分。名古屋発一五時四五分。

京都着一六時二一分。京都発一六時二三分。

終点新大阪着一六時三六分。


また、「のぞみ２３３号」新大阪行きは、十六両編成である。1号車から3号車までが自由席、4号車から7号車までが指定席、8、9、10号車の三両がグリーン車である。

そして、11号車から最後の16号車までは、全部指定席である。

全席が禁煙で、グリーン車には、全席に、コンセントが、設置されており、そのほか、一般車両では、窓際と最後部、最前列の場所に、コンセントがついている。

明日の「のぞみ２３３号」に乗車予定の専務車掌は二名で、小林と安達という名前である。

「明日の『のぞみ233号』には、グリーンの9号車に、京都に行く、川口厚生労働大臣が、SPと一緒に、乗ることが決まっているわけですね？」

「ええ、そうですが、今のところ、別に問題はありませんよ」

「その件に関して、こちらに、脅迫状のようなものは、届いていませんか？」

亀井が、単刀直入に聞くと、助役は、眉を寄せて、

「脅迫状ですか？」

「明日の『のぞみ233号』には、川口厚生労働大臣が、乗られるわけでしょう？　厚生労働省というのは、最近、何かと、問題が多い役所ですからね。川口大臣宛に、脅迫状が来たとしても、おかしくはないと思うのですがね」

「いや、一通も来ていません」

と、助役は、いったあと、

「何か、明日の『のぞみ233号』で、事件が起こりそうなんですか？」

「いや、そういうことを、いっているわけではありません」

十津川は、慌てて、いった。明日の「のぞみ233号」で、何かが起こるのではないかというのは、あくまでも、十津川の勝手な、想像だからである。

十津川は、捜査本部に戻ると、捜査会議を開いた。

「川口大臣が乗るとすると、メッセージを送って来たのは、由紀に違いない。だが、分からないことがある。なぜ、明日、大臣が『のぞみ233号』に乗ることや、列車名まで、特定できたのか、不思議だ」

と、十津川は、いった。

すると、北条早苗刑事が、

「警部は、『ツイッター』を、ご存じですか？　自分専用のサイトを開き、百四十字以内で、つぶやきを投稿し、別のユーザーが、反応を書きこむ、コミュニケーション手段なんです。最近、日本の総理大臣も、この『ツイッター』をやっていて、昨日、『二十五日、夕方から、京都で行われる国際会議に出席する予定が、体調不良で検査入院のため、出席できず、急遽、川口厚生労働大臣に出席してもらい、私の代理で挨拶をしてもらうことになった。誠に、残念である』と、書いているんです。今日の川口大臣のブログには、『明日、午前中は、新型インフルエンザ対策の省内会議。十一時から、来日中のＩＬＯ事務局長と会食。午後一時から、都内の養護施設を視察し、そのあと、総理の代理で、京都へ。四時半に京都到着後、ただちに、府知事と面談。六時には、国際会議に出席するという、忙しい一日になりそうです』と、明らかにしています。由紀は、あらかじめ、川口大臣の動向を探っていて、大臣のスケジュールを知ったのでしょう」

「となると、由紀は、京都四時半着という記述を見て、川口大臣が乗る新幹線は、『のぞみ233号』だと、特定したのだな」

と、十津川は、いった。

その後、本多捜査一課長と、三上刑事部長に、明日の「のぞみ233号」に、川口厚生労働大臣が乗って、京都まで行くことになっていると、話した。

「たしか、君は、川口厚生労働大臣が、早乙女みどりの死に、関係があると、考えているのだね？　だから、明日の『のぞみ233号』で、何かが、起こると思っているんだな？」

「今も、証拠は、ないのですが、川口大臣が、早乙女みどりの死に、関係があると思っています」

「今までに、三人の男女を殺している犯人は、早乙女みどりの娘、早乙女由紀で、動機は母の仇を、討つこと。そういうことだね？」

「それで、明日の『のぞみ233号』で、何かが起こるのではないかと、私は危惧しています」

「しかし、新幹線の車両の中で、早乙女由紀が、川口大臣を殺そうとするのは、難しいのではないのか？　大臣には、SPがついているし、何とか、大臣を殺害できたとしても、逃げることができないだろう？」

「それでも、早乙女由紀は、川口大臣を、狙うような気がするのです」

「それで、君は、どうしたらいいと、思っているんだ？」

「亀井刑事と二人で、明日の、『のぞみ233号』に乗るつもりです。私たち二人と、川口大臣のＳＰが、ついていれば、早乙女由紀が、大臣に手を下すことはまず不可能だと思いますから」

4

その日の夜、遅くまで、十津川は、亀井と、明日の午後、東海道新幹線「のぞみ」の車内で起こるかもしれない事件について、意見を交わした。

「犯人の、早乙女由紀は、ひとりで、今までに、三人の男女を殺し、蘇我院長を、誘拐した。警部は、そう、考えていらっしゃいますか？　それとも、由紀には、誰か、共犯者がいるとお考えですか？」

コーヒーを飲みながら、亀井が、十津川に、聞く。

「私は、単独犯だと思っている。井ノ口社長を、毒殺した時も、早乙女由紀と思われる女は、ひとりで行動している。本間敬之助の場合も、同じなんだ。犯人の早乙女由紀は、函館の、同じホテルに泊まっていて、夜、函館の夜景を、見に行こうと、本間敬之助を誘い、函館山に行って、そこで本間を刺殺している。その時も、ホテルには、早乙女由紀が、ひとりで、泊まっていた。瀬戸晴子の場合も、やはり、同じなんだ。犯人は、ひとりでボウガンを持って、深夜の瀬戸ビルに忍び込み、五階のエレベーター乗り場の前で、ボウガンを使って、瀬戸晴子を殺害している。この場合も、共犯者がいたという証拠は、全く、見つかっていない。いずれの犯行も、私は、早乙女由紀が、ひとりで、やったと思っている」

「しかし、警部、今回ばかりは、彼女ひとりでは、ちょっと、難しいのではありませんか？」

「そう思うか？」

「前の三件は、いずれも、被害者がひとりでいるところを、狙っています。井ノ口社長に対しては、みんなが、夢中になってカラオケを、歌っている時に、井ノ口社長が、飲んでいたグラスの中に、青酸カリを混入させたものですから、実際には、ひとりというわけではありませんが、次の二件、本間敬之助と瀬戸晴子の場合は、被害者が、ひとりでいたところを狙って近づき、殺しています。それに比べて、新幹線『のぞみ２３３号』の場合は、様相が全く違います。川口大臣は、９号車グリーンに、SP二人と一緒に乗っているのです。近づいて殺すのは、まず、無理じゃありませんか？」

「たしかに、そうだが、早乙女由紀は、『のぞみ２３３号』の車内で、川口大臣を、殺すつもりだよ。だからこそ、テレビ局のホームページに『警告。のぞみ２３３号　新大阪行き』というメッセージを送ってきたんだ。マスコミ注視の中で、母親の復讐を果たそうという、決意の表明だろう」

「由紀は、どうやって、グリーン車にいる川口大臣を、殺すつもりでしょうか？　何しろ、犯人の早乙女由紀の顔は、分かっていますし、似顔絵も、でき上がっています。それに、今、早乙女由紀は、殺人事件の容疑者として、全国に指名手配されています。もし、『のぞみ』の車内で、見つかったら、殺人容疑で、ただちに逮捕されてしまいますよ。その危険を承知の上で、彼女は、明日の『のぞみ２３３号』に乗り込んで、川口大臣を、狙うつもりなんでしょうか？」

「私にも、犯人が、どんな方法を、取るつもりなのかは分からない。しかし、どんな方法であるにせよ、狙うつもりだ。これだけは、間違いない」

5

翌日、十津川と亀井の二人は、午後一時には、東京駅に着いていた。

撮影クルーを待機させていた各テレビ局には、殺人事件の危険性や、乗客が騒ぎだし、混乱が起こることを考慮して、取材を自粛してくれるように、三上刑事部長から、依頼していた。

「のぞみ233号」の東京駅発は、一四時〇〇分、午後二時ちょうどである。

それまでには、まだ、一時間の余裕があった。

二人は、東京駅構内のティールームで、まず、コーヒーを飲むことにした。

二人が乗り込む車両は、9号車の一つ手前の8号車である。

ウィークデーだが、東京駅は、相変わらず混んでいる。たぶん、新大阪行きの「のぞみ233号」も、いつものように、混んでいるだろう。

「のぞみ233号」の配置図と時刻表を、二人は、自分の手帳に、書き写してあった。

一三時四三分、東京駅の十九番線ホームに、「のぞみ233号」が入線してきた。それに合わせて、十津川と亀井は、十九番線ホームに、上がっていき、すでに入線している「のぞみ233号」の、特に8号車、9号車、10号車のグリーンの辺りを、ゆっくりと、歩いてみた。

ひょっとして、早乙女由紀が、すでに、ホームに来ているかもしれないと、思ったからである。

しかし、彼女の姿は、どこにも見当たらなかった。

川口大臣が、SPに囲まれ、関係者の見送りを受けながら、ホームに上がってきて、9号車のグリーンに入っていった。

十津川と亀井は、その瞬間が、いちばん緊張した。今までの殺人では、早乙女由紀がボウガンを、使ったことはあっても、拳銃を使ったことはない。

だからといって、拳銃を、使わないと、決めつけることは危険だった。今回は、ホームに入ってきた川口大臣を、拳銃で狙うのではないかと、二人の刑事は、ホームを、見張っていたのだが、何事も起こらなかった。

一四時〇〇分、午後二時ちょうど、定刻通りに「のぞみ233号」は、東京駅を発車した。

8号車に入った十津川と亀井は、列車が動き出すとすぐ、隣の9号車に行き、SPのひとりに、警察手帳を見せて、お互いに紹介し合った。SPの二人は、真田と関根という名前だった。

十津川は、その真田に向かって、現在、連続殺人事件の、捜査を担当していることを告げた。

「実は昨日、テレビ局のホームページに『警告。のぞみ233号　新大阪行き』というメッセージが送られてきたのです。調べてみると、この『のぞみ233号』には、京都の国際会議に出席する川口大臣が乗車することになっていることが分かって、緊張しました。もし、この列車が狙われるとすれば、それは、川口大臣が狙われることだと、私は考えました。用心をしてくださるように、お願いしに、参ったのです」

「川口大臣が狙われる可能性ですが、どのくらいあると、十津川さんは、お考えですか？」

SPのひとりの真田が、聞いた。

「そうですね、私は、五〇パーセントぐらいの可能性があるのではないかと、思っていましたが、こうしてみると、SPの方も、ついていらっしゃるし、私たちも、いますから、犯人が川口大臣を狙うのは、まず、無理だと思うようになりました」

「どうして、メッセージの送り主は、川口大臣を、狙うのですか？　動機は分かっているんですか？」

「残念ながら、まだ、分かっておりません」

十津川は、わざとウソをついた。川口大臣にとって、プラスになる話ではなかったからだ。

そのあと、続けて、

「私たちは、隣の8号車に座席を取っているのですが、この9号車にも、空席があるようなので、車掌に頼んで、こちらに、座席を移してもらいます。そのほうが、警護が、しやすいですからね」

十津川は、車掌に頼んで、9号車に座席を取ってもらい、そちらに移動した。

川口大臣の周辺に、乗客が、誰も座っていないのは、前もって、周辺の座席を買い占めているからだろう。

十津川は、9号車の乗客たちを見回したが、早乙女由紀の顔は、見当たらなかった。

6

一四時〇七分、品川、一四時一九分、新横浜。何事も、起きなかった。

一四時一九分に「のぞみ233号」は、新横浜を発車する。その後、一五時四三分に名古屋駅に、着くまで「のぞみ233号」は、どこにも、停車しない。その間の時間、一時間二十四分と長い。

十津川は、列車が品川、新横浜と、停車するたびに、警戒した。

品川でも新横浜でも、「のぞみ」の停車位置は決まっている。ホームに、その場所が書いてあるからだ。

9号車の停車する場所に、拳銃を持った早乙女由紀が、待ち構えていて、列車が停まった途端に、9号車にいる川口大臣に向かって、ホームから、拳銃を撃つのではないだろうか？

新横浜を、一四時一九分に発車した後は、一五時四三分の名古屋まで、列車は停まらない。それで、少しばかり、十津川は、ホッとした。

その時、突然、大臣の秘書官、森田(もりた)の携帯が鳴った。

森田は、デッキまで、出ていって、

「もしもし」

「こちらは、新幹線の、司令室ですが、今、気になる電話がありました。『のぞみ233号』に爆弾を仕掛けた。これから、要求を知らせる。もし、それを拒否すれば、列車に仕掛けたプラスチック爆弾を爆発させる。そういう電話があったのです。犯人の要求を、聞いたところ、この電話を『のぞみ233号』に繋ぎ、電話口に、川口大臣を出せ。そういわれたので、厚生労働省の大臣室に、あなたの携帯電話の番号を、お聞きして、こうして、電話を回したのですが」

そのあと、すぐ電話の声が変わって、女の声になり、

「厚生労働大臣の、川口さんかしら？」

「いや、私は、大臣秘書官の森田だ。もし、大臣に何か、要求があるのなら、私が聞いておく」

「秘書官なんかに用はないわ。すぐ、川口大臣を、電話口に出して」

「もし、要求が、入れられなければ、本当に、この列車を、爆破するのか？」

「どうやら、あんたは、私の言葉を、信じていないようね。分かったわ。それなら、試しに、爆弾を、爆発させる。今から五分後に、9号車の隣の10号車のトイレを爆破する。そのトイレに、乗客を近づけさせないように、車掌にいいなさい。トイレを調べようと

して、ドアを開けたりしたら、爆発して、けが人が出ると、警告しておくわ。小さな爆破だから、列車の運行には、支障がない」

大臣秘書官の森田は、車掌の代わりに、十津川を呼び、トイレの周辺にいた客を、強制的に、退避させるように、頼んできた。

ＳＰは、川口大臣に、ぴったりと付き添って動かない。

正確に五分後に、10号車のトイレで、小さな爆発が起きた。

しかし、列車は、走り続けている。列車を停めてしまうほど、大きな爆発では、なかったのだ。

7

再び、女から、森田秘書官に、電話が入り、森田が、川口大臣に、自分の携帯を渡した。川口が電話に出る。

十津川は、川口大臣が持っている携帯電話に顔を寄せ、聞き耳を立てた。

「私は、厚生労働大臣の、川口だ。要求をいいたまえ。金が欲しいのか？」

「いいえ、お金なんか、欲しくないわ」

「じゃあ、要求は、何なんだ？」

「これから、私の要求を伝えるわ。川口大臣、あなたは、製薬会社の社長、井ノ口博也や、俳優の本間敬之助、元ホステスで、大金を手に入れて、ビルのオーナーになった瀬戸晴子、そして、母のクラブのマネージャーの大島秀夫、この四人に指示して、私の母を、殺させた。それから、蘇我病院の院長、蘇我良太郎に、病気で死亡したという、ウソの死亡診断書を書かせたわね。このことを今、そちらの列車の車内放送で、正直に、告白してほしい。どうして、母を殺したのか？　動機も告白してもらいたいの。

今、『のぞみ233号』は新横浜を出て、名古屋に、向かって走っているはずだわ。名古屋に着くまでに、あと一時間ある。その間に覚悟を決めて、列車の車内放送で、全てを、告白するのよ。それができなければ、容赦なく、『のぞみ233号』に仕掛けた爆弾の起爆装置に、信号を送って、爆破させるわ。私は復讐のために、もう三人も殺しているの。死刑は覚悟の上よ。だから、あと何人殺そうと、同じことなの。ためらうことなんか、ないわ。あなたも死ぬし、それ以上に『のぞみ233号』に乗り合わせた何百人という多くの乗客も、死んでしまう。

さあ、今から、あなたは、私の母、早乙女みどりを、殺したことを告白し、動機を話し、共犯者の名前を、はっきりというのよ。それが、確認されれば、私は、爆破の、スイッチを押さない。それは、約束するわ。今いったように、あなたが、頑固に、名古屋に着くまでに告白しなければ、『のぞみ233号』の数百人の乗客は、あなたの巻き添えになって、死ぬことになるわよ。今から時間を計るわ。自分ひとりで、考えるのもいいし、誰かに相談するのもいい。早乙女みどりを、どうして殺したのか、どうやって殺したのか、それを告白するのよ。あと一時間、いえ、もう五分たったから、あと五十五分ね。十分後に電話する」

女は、電話を切った。

第七章　告　白

1

十津川は「のぞみ233号」が、今、犯人の早乙女由紀によって、ジャックされたことを知った。

早乙女由紀が、この「のぞみ233号」のどこかに乗っているのか、それとも、乗っていないのか？　そして、「のぞみ233号」のどこに、いつ、どうやって爆弾を、仕掛けたのか？

それは、十津川にも、分からない。

しかし、明らかに今、十津川たちの乗っている「のぞみ233号」は、早乙女由紀によってトレイン・ジャックされたのである。その証拠は、10号車のトイレの爆発によって証明されている。

さらに、犯人の早乙女由紀は、新幹線の司令室に、電話をかけてきて、「のぞみ233号」が名古屋に到着するまで、途中の駅に停車することは許さない。もし、どこかに停車したら、その瞬間、「のぞみ233号」に仕掛けた爆弾のスイッチを入れて、乗客もろとも車両を爆破すると、言明したのである。

その指示は、9号車に乗っている川口大臣や秘書官の森田、そして、二人のSPにも、伝えられた。

また、専務車掌の二人にも、同じように、伝えられた。

そのひとり、小林車掌が、9号車の川口大臣のところにやって来て、

「この列車が、犯人によって、乗っ取られたことを、車内放送によって、乗客の皆さんにお伝えしようと思うのですが、構いませんか？」

それに対して、川口大臣は、秘書官の森田と相談した後、

「できれば、そういう車内放送は、しないでいただきたい」

「どうしてでしょうか？」

小林車掌が、聞くと、川口は、意外に冷静な口調で、

「時刻表によると、新横浜を出ると、名古屋まで、この『のぞみ233号』は、どこの駅にも停まらないわけだな？　従って、途中の駅に停まらなくて、乗客が騒ぎ出すということは、起きないだろう。犯人の女が要求しているのは、この列車が名古屋に着くま

でに、私に、何らかの結論を、出せということなんだ。今、車内放送をしなくても、名古屋までは、騒ぎにならない。そうだろう？」

「ええ、そうです」

「だとすれば、次の名古屋までは、このまま、乗客には、何も知らせることなく、走り続けていてもらいたい。ぜひそうしてくれ」

専務車掌の小林と、川口大臣との話が終わると、十津川が、川口に向かって、

「犯人は、大臣に向かって、車内放送で何か告白せよと、要求しているようですが、その内容について、大臣はお分かりなんでしょうか？」

「いや、分からんよ。犯人が、いったい、何のことをいっているのか、全く見当がつかなくて、さっきから、困っている。たぶん、犯人は、誰かと人違いをしているんだろう。そうとしか思えない」

「そうですか。そうだとすると、大臣は、犯人から、わけの分からない一方的な、要求をされて、大変な迷惑を、被っている。そういうことですね？」

十津川は、何も知らない振りをした。

「ああ、そうなんだよ。私には、犯人が、要求していることが、いったい何なのか、全く分からない。ただ、私が、何もいわないでいると、犯人は、この列車を、爆破するといっている。そうなると、何百人もの乗客が、巻き添えになって死んでしまうだろう。

それで、私は、どうしたらいいのかの判断がつかずに、困っているのだ」

川口大臣が、十津川に、訴えた。

犯人の早乙女由紀が、どんな告白を、川口に求めているのか、十津川にはよく分かっていた。

川口が早乙女由紀の母、みどりを、井ノ口社長や、本間敬之助たちと、一緒になって、口封じのために、殺したことを、車内放送を使って正直に告白し、亡くなった母に、謝罪しろ。犯人の早乙女由紀は、そう、要求しているにちがいない。

「この際、次の駅で、強引に列車を停めて、全ての乗客を降ろしてしまっては、どうでしょう？」

森田秘書官が、口を挟む。そばにいた専務車掌の小林が、慌てて、手を、横に振りながら、

「それは、絶対にダメです。犯人は、この列車を停めたら、その瞬間に、爆破するといっているんです。この列車内のどこかに、犯人が、爆発物を仕掛けていることは、さっきの10号車のトイレの爆発を見ても、はっきり、しています。犯人の、いっていることは、ウソでも冗談でもないんですよ。本当にやる気なんです。専務車掌として、この列車に乗務している私としては、乗客の中に、ひとりの犠牲者も、出すわけにはいきません。ですから、名古屋まで、列車を停めることは、絶対にできません」

していく。

「のぞみ233号」は、三百キロ近いスピードで、小田原、熱海、三島と次々に、通過

十津川は、あえて何も、意見をいわず、じっと、川口大臣の様子をうかがっていた。

川口は、どうするつもりなのか？

川口は、自分の携帯を取り出すと、デッキに出て、しきりに、どこかに電話をかけている。

しかし、その顔色は、いぜんとして、暗いままだった。

誰かに電話をして、この苦境をどうやって脱出したらいいのか、それを聞いているのだろう。だが、こちらの望むような回答は、もらえていないらしい。いったい誰に、相談しているのか？

その時、また、森田秘書官の携帯が鳴った。森田が、出ると、

「秘書官のあなたに、用はないわ。早く、川口大臣に代わって」

命令口調で、女が、いった。

川口が、電話に出ると、

「名古屋に着くまで、もう、あと一時間もないわよ。どう、決心はついた？　もし、決心が、つかないままに、名古屋に着いてしまった場合は、あなたも、乗っている、『のぞみ233号』の何百人もの乗客が、爆発とともに命を落とすことになるのよ。そのこ

とは、絶対に忘れないでね。いざとなったら、私は容赦しないからね。いい、あなたの仲間の井ノ口博也、本間敬之助、瀬戸晴子の三人が、いったい、何をしたのか？　どうして、私の母を、殺したのか？　私は、知っているのよ。でも、私が、そんなことを訴えたって、誰も信用してくれない。だから、犯人のあなたに、今、正直に、告白してもらいたいのよ。あなたにとっては、簡単なことじゃないの？　実際にやったことを、そのまま素直に、話せばいいだけのことなんだから。なぜ、母を殺したのか、それを車内放送で告白すればいいのよ。それだけで、何百人もの尊い命が救えるのよ。もし、あなたが、自己保身のために、告白しなければ、あなたのせいで、何百人もの人間が、死ぬことになるのよ。私には、協力者がいて、あなたの行動は、手に取るように、分かっているの。列車から逃げ出そうとしても、無駄よ。あなたに残された時間はあと一時間弱、正確にいえばあと四十五分。よく考えることね。また電話するわ」

　早乙女由紀は、一方的に電話を切った。

「私は、単独犯だと、思っていたが、共犯者がいるんだ」

　小声で、十津川が、亀井に、いい、改めて、9号車の車内を見渡したが、老人や女性客ばかりで、特にあやしい人物は、見当たらなかった。

「共犯者が、いるんですか？　その共犯者は、どんなふうに、早乙女由紀を助けているんでしょうか？」

「今までの連続殺人に関しては、彼女が単独で、殺している。状況から見て、間違いない。しかし、さすがに、今回のトレイン・ジャックだけは、彼女ひとりで実行することは、無理だ。東京駅に現れたり、この列車の中に乗っていたりしていれば、私たちに発見され次第、逮捕されてしまうからね。だから、たぶん、共犯者がいて、東京駅から、この『のぞみ233号』に乗り込んでいるんだ。そして、全部の車両か、あるいは、一部の車両に、爆薬を仕掛けた。爆薬は、どんな形にもなるプラスチック爆弾だろうと思う。仕掛けたあと、その共犯者は、品川か、新横浜で、この、列車から降りてしまったんだろう。彼女は、若く美人だから、男のひとりくらい、いてもおかしくない。フランスに留学していたそうだが、あの国には、外人部隊があって、何人もの日本人の若者が、入隊しているそうだ。その中のひとりが、恋人だとしたら、爆弾を仕掛けることなど、簡単なことだよ。前に、井ノ口社長が殺されたカラオケクラブの上階にあるバーのバーテンに話を聞いた時、早乙女由紀は、パリに留学していた時、知り合った日本人の恋人がいたが、事情があって別れたと、いっていたそうだ。その彼氏と、まだ付き合っているのかもしれない」

「プラスチック爆弾には、信管と、電波の、受信装置が、ついているのでしょうが、早乙女由紀本人は、今、どこに、いるのでしょうか？　あまり離れた場所にいては、電波を、発信しても、この『のぞみ』に仕掛けられた受信装置には、届かないのではありませんか？」

「彼女が、どうやっているのかは分からないが、おそらく、絶えず電波が『のぞみ２３３号』に、届くようにしてあるんだろうと思うね。そうじゃなければ、あんなに強い調子で、川口大臣に、要求することはできないはずだ」

「大臣は、自分が殺人に関係していることを、告白するでしょうか？」

「そうだな、私にも分からないが、川口大臣が、告白を拒否すれば、この列車が爆破され、乗客が何百人も、死ぬことは、はっきりしている。早乙女由紀は、容赦しないだろうからね。何しろ、今までに三人もの男女を、続けて殺しているんだ」

2

また、犯人から電話が入った。

「あと、三十分になったよ。まだ決心がつかないの？　ひょっとして、私が、列車に爆弾を仕掛けたのは、でたらめだと思ってるんじゃないの？　だとしたら、あなたは、私を甘くみてるのよ。この際、あなたに、決心をつけさせるために、爆弾を一つだけ、プレゼントしてあげる。10号車の10番のB席の座席に、爆弾を仕掛けておいたから、ＳＰにでも、調べさせてごらん。私は、全部で、十ヵ所に爆弾を仕掛けたから、その中の一つだけ、あなたにプレゼント。爆弾を見たら、少しは、告白する気になるでしょうから、よく見たらいいわ」

川口の顔色が変わった。

「もし、もし」

と、呼んだが、電話は、もう切れている。

川口が、SPに向かって、叫んだ。ひとりのSPと、十津川の二人が、隣の10号車に向かって、走った。亀井も後を追った。

10号車グリーンの10番のBの席には、中年の男が座って、雑誌を読んでいた。

SPが、近寄って、声をかける。

「申し訳ありませんが、この席を調べさせてくれませんか?」

「何なんですか?」

「電話があって、この席に、爆弾を仕掛けたと、いっているんです」

「冗談でしょう?」

「かもしれませんが、一応、調べてみませんと」

SPが、いい、男を立ち上がらせると、座席の裏を確認した。

座席の裏側に、弁当箱ほどの大きさのものが、ガムテープで、とめられていた。その箱には、アンテナのような細い棒が、のびている。

「それ、本当の爆弾ですか？」

中年の男が、青い顔で、聞く。

「かも知れません。あなたは、東京から、乗って来たんですか？」

「いや、品川からです」

と、すると、犯人は、東京と品川の間で、この座席に、仕掛けたのだろう。

SPは、座席から外したものの、どうしたらいいか、困惑している。

「爆発すると思いますか？」

SPが、十津川に、意見を求めた。

「いや。犯人が、わざわざ教えたんですから、爆発は、させないと、思いますよ」

十津川が、いい、それでも、万一に備えて、SPは、その箱を、トイレの容器の中に押し込み、そのトイレのドアには、「故障」の紙を貼りつけた。

SPは、十津川、そして亀井と一緒に、9号車に戻ると、川口大臣に向かって、

「間違いなく、爆弾が、仕掛けられていました」

「その爆弾は、どう処理したんだ？」

「私たちは、爆発物のプロではありませんので、トイレの容器の中に、押し込み、そのトイレは、故障中にしておきました」

「大丈夫なのか？」

「十津川警部とも話したんですが、犯人が、わざわざ、場所を教えた爆弾なので、それを、爆発させるとは、思えません。他にも、この列車の何ヵ所かに、犯人は、爆弾を仕掛けていると思います」

「それを、全部、見つけ出して、処理できないのか？」

「まず、無理だと思います」

再び、犯人からの電話。

川口が出る。

「爆弾は、見つかった？」

「ああ、見つかった。爆発はしないだろうな？」

「私は、その列車の十ヵ所に、爆弾を仕掛けておいた。それはその中の一つで、あなたへのプレゼントよ。ところで、あなたが、私の要求通りの告白をしなければ、爆弾のスイッチを押す。多分、新幹線が、爆発、炎上、脱線して、何百人もの乗客が死ぬことになるわ。私の要求は、簡単なことよ。井ノ口社長や、本間敬之助、それに瀬戸晴子と一緒になって、私の母を殺した。その事実と、動機と、方法、この三つを車内放送で告白すればいいのよ。ウソをつけといってるんじゃないのよ。事実を話せばいいの。簡単なことじゃないの？　それだけのことで、あなた自身を含めて、数百人の命が救えるのよ。

あなたは、これまでに相当悪いことを、いろいろやって来たみたいだから、罪滅ぼしに、大勢の人たちの命を救ったらどうなのかしら？　でも、あなたは、どうやら、決心がつかないみたいね。それでは仕方がないわ。じゃあ、こうしましょう。名古屋に着くのを待つまでもなく、十五時半ちょうど、午後三時半に、私は、発信器のスイッチを入れるわ。そうなれば、何百人もの人間が、命を落とすんだわ」

そういって、女が電話を切った。

3

十津川は、腕時計に目をやった。

犯人のいった十五時半まで、あと二十分しかない。

「それにしても、犯人は、どこから、電波を送信しているんだろう？」

十津川は、いらだちをかくせない。

10号車で発見された爆弾の箱には、小さなアンテナがついていた。あのアンテナでは、あまり遠くからの発信は、受け取れないだろう。

「せいぜい、一キロ以内だな」

と、十津川が、いう。

「しかし、犯人、早乙女由紀は、この列車には、乗っていません。とすると、外から、送信していることになります」

「外というと、まず考えられるのは、自動車だ。この新幹線と、平行して走っているのは東名高速だ。犯人は、高速道路を、車で走りながら、送信したり、電話をかけているんだろうか?」

「他に、考えられませんが」

「しかし、この列車は、時速二百キロ以上で走っているんだよ。犯人が、東名高速で、この列車を車で追っているとしたら、同じ二百キロ以上で、走らなければならない。たちまち、捕まってしまうだろう」

「そうですね」

「あと、この、『のぞみ』に追いつけるのは、ヘリコプターだが、上空を、ヘリが飛んでいる気配はないよ」

「そうですね。私には、もう一つ、疑問があるんですが」

と、亀井がいう。

「共犯の存在か?」

「共犯者を作るにも、金がいると思うのです。それに、プラスチック爆弾を手に入れるにも、金が必要です。その金は、どうして、手に入れたんでしょう? 死んだ母親は、大金を手に入れようとして、殺されていますが」

「早乙女みどりは、死ぬ十一日前の十月四日に、銀座で、高野妙子に、娘の由紀宛の現金が入った包みを渡しているんだ。その中には、井ノ口社長からもらった、多額の口止め料が入っていて、それが由紀の活動資金として、使われているのだろう」

十津川は、我慢しきれなくなって、立ち上がると、川口大臣の座席まで足を運んでいった。

川口大臣に向かって、頭を下げてから、

「正直に申し上げると、私たち警視庁捜査一課の人間は、あなたが、何をやったのかを、すでに、全部調べあげているのです。あなたや、井ノ口博也という製薬会社の社長や、本間敬之助という中堅の俳優、あるいは、元ホステスで、銀座の雑居ビルのオーナーになった、瀬戸晴子、もうひとり、蘇我病院の院長や、クラブ『みどり』のマネージャーの大島秀夫が、何をやったのか、すべて分かっているんですよ。あなたは、早乙女みどりに脅迫されていた。そこで、R製薬の社長と相談して、本間敬之助と、瀬戸晴子に、早乙女みどりの殺害を依頼した。その後、大島秀夫に命じて、みどりの死体を発見させ、蘇我院長に頼んで、ニセの死亡診断書を、書いてもらった。すでに、私たち、警視庁捜査一課は、それらのことを、全て把握しています。あなたの名誉のために、この件については、今まで、ずっと沈黙を守ってきました。今のところ、われわれ以外、この事実は、誰も知りません。ここに来て、あなたが、告白しなければ、犯人は、この列車を、爆破するといっています。私は、早乙女由紀について、調べましたが、自分のいったことは、必ず実行する女性です。早乙女由紀は、今までに、井ノ口博也、本間敬之助、瀬戸晴子の三人を殺しています。容赦のない行動力です。あなたに告げたことも、必ず実行する犯人ですよ。ですから、早く、決心をつけて、早乙女みどり殺しについて、告白すれば、何百人という乗客の命が、救われるのです。何とか、決心していただけませんか？」

「決心しろと、簡単にいうが、あんたには分からない、いろいろと、難しい問題があるんだよ。だから、そんなに急に、結論を出すわけにはいかないんだ」

川口が、怒ったような口調で、十津川に、いった。

「井ノ口社長が持っている、軽井沢の別荘で、大臣のバースデイ・パーティが、行われましたよね？　そこで、いったい何が、あったのか、そのことも、われわれは、すでに、把握しているんですよ」

十津川が、いうと、さすがに、川口も、驚きの顔になった。

「君は、軽井沢の別荘の件も、知っているのか？」

「ええ、もちろん、知っていますよ。そこで何があったのかも、知っています。あなたは、クラブ『みどり』のホステスの伊藤詩織を乱暴しようとして、激しく抵抗され、死なせてしまった。この事実を隠ぺいしたことも、知っているのです」

十津川の言葉を聞いて、川口大臣は、黙ってしまった。

しかし、告白するかどうかは、まだ決心がつかないという顔だった。

その時、十津川の携帯が鳴った。デッキに出て、電話に出る。

「西本です。行方不明になっていた蘇我院長が、突然、病院に、帰ってきました」

「話を聞いたか？」

「はい、すぐ、病院に行って、話を聞いてきました」

「それで、蘇我院長は、何といっているんだ？」

「蘇我院長は、疲れ切った顔で、最初は黙っていましたが、私が、重ねて聞くと、院長は、やっと口を開いて、こういいました。早乙女みどりの娘に拉致されて、代々木(よよぎ)にあるマンションの一室に監禁され、『すべてを話せば、無事に解放する』と、いわれた。彼は、ニセの死亡診断書を作ったことを白状し、許しを乞うたそうです。本当は自分も、殺されても、仕方がないのに、命を助けられた。だから、これからは、正直に、全てを話すことにした。そして、川口大臣のことを、いっていましたね」

「大臣のことを、どんなふうに、いっているんだ？」

「蘇我院長は、クラブ『みどり』に幾度となく、飲みに行っていた。みどりの主治医のような存在だったので、マネージャーの大島にも、一目置(いちもく)かれていたとのことです。その大島から、川口大臣や井ノ口社長を紹介され、よく一緒に、飲み歩いていた。二人から、株の情報などを密かに流してもらって、小金を稼いでいたそうです。つまり、インサイダー取引というやつです。ある時、大島から、『川口大臣が、ママの早乙女みどりから脅され、大金を要求されているので、彼を助けるために、協力してほしい。その代わり、井ノ口社長が一億円の報酬を払う』といわれ、ニセの死亡診断書を作ったと、いっています。川口大臣の殺人を隠ぺいするため、何人もの人間が協力した揚句、早乙女由紀に殺されてしまった。川口大臣に、犯した罪を認め、自首するよう説得してから、警察に出頭したい。そういっています。なお、日下と北条を、代々木のマンションに急行させましたが、すでに早乙女由紀は、逃走していました」

と、西本が、いった。

4

十津川は、電話を切ると、再び、川口大臣のところに走った。

「今、蘇我病院の蘇我院長から電話が入ります」

「蘇我病院?」

おうむ返しに、川口がいったとき、森田秘書官の携帯が鳴った。

十津川が、西本刑事に、森田秘書官の電話番号を、教えておいたのである。蘇我院長に、川口大臣と話をし、川口大臣に罪を認めるように、説得させるためだ。

電話に出た川口の声が、急に低くなった。相手が、蘇我院長と、わかったからだろう。

「私は、これから、警察に行って、本当のことを話しますよ。早乙女みどりのことです」

蘇我院長が、いう。

「先ほどまで、私は、早乙女みどりの娘に、監禁されていました。そこで娘とあなたとの電話のやり取りを聞いていました。われわれのやったことは、どう考えても、間違いですよ。いくら早乙女みどりに、脅迫されたからといっても、弁明は、できませんよ。川口大臣も、正直になって下さい」

「君は、警察に行くのか？」

「大臣が、否定しても、否定しなくても、私は、警察に行きます」

それだけ、いって、蘇我院長は、電話を切ってしまった。

川口の顔が、青ざめていた。追いつめられた目になっていた。

「あと五分です」

亀井が、十津川の耳もとで囁(ささや)いた。

十津川は、川口に向かって、

「あと五分で、午後三時半です。あなたの決心しだいで、何百人もの乗客が、死なずに済むんです」

それでも、川口は、黙ったまま、しきりに考え込んでいる。今度は、森田秘書官が、

「大臣、私は本当のことは、知りませんが、乗客の命を助けるように、行動して下さい。政治家は、人を死なせてはいけません」

川口は、目をしばたいてから、安達専務車掌を手招きした。

「これから、私が話すことを、車内放送を使って、この列車の乗客の皆さんに、聞いていただきたいのです」

その時、再び、森田秘書官の携帯電話が鳴った。

森田は、かけてきた相手の声を聞くと、すぐに電話を、川口大臣に渡した。

早乙女由紀からだった。

「もう、時間切れよ。残念だけど、これから、爆弾のスイッチを押すわ。いいわね？」

「ちょっと、待ってくれ」

と、川口が、いった。

「わかった。要求を飲もう。そして、このまま、電話を切らないで、私の話を聞いていてくれ。これから、車内放送で、全てを話す」

5

川口大臣の、車内放送を使っての告白が、始まった。

十津川と亀井も、川口の言葉を聞いた。

「私は、厚生労働大臣の川口です。今日から始まる京都での、国際伝染病の感染に関する国際会議に出席するため、『のぞみ233号』に乗車しました。京都に向かうその途中ですが、これから、乗客の皆さんに、ぜひとも私の話を聞いていただきたいと思っています。

私は、二人の女性を、何人もの共犯者と一緒になって、殺してしまいました。これは、ウソでも冗談でも、ありません。本当のことです。私の誕生日は、八月十六日です。去年の八月十六日、私は、六十回目の誕生日を、迎えました。私の大学時代からの友人で、製薬会社の社長をやっていた井ノ口が、私のために、彼が軽井沢に持っている別荘で、誕生パーティを開いてくれたのです。その時、少し賑やかなパーティにしようと井ノ口が提案し、女性を二人、呼びました。二人は、井ノ口がよく行く、銀座のクラブのママと、若いホステスでした。誕生パーティは、最初、和やかに、始まりました。少しずつ酒が入ってきて、私は、酔いつぶれてしまった。夜、目が覚めた私は、その若いホステスの部屋に忍び込み、手をつけようとしたのです。当然、そのホステスは、怒りました。私は、彼女に頰を殴られてしまい、たぶん、酔っていたのでしょう。カッとして、思わず、彼女を突き飛ばしてしまったのです。運の悪いことに、彼女の後頭部は、たまたまその部屋に置いてあった樫の木のテーブルの角に、当たり、彼女は、死亡してしまったのです。

私は、愕然としました。もし、このことが、公になれば、大臣を辞めさせられて、政界から引退させられてしまうでしょう。いや、それどころか、殺人を犯した犯罪者として裁かれ、刑務所に、行かなければならなくなります。どうしようかと思案にくれていた時、親友の井ノ口が、こういって助け船を、出してくれました。この偶然に起きた悲劇は、私が君のために、この軽井沢の別荘で、誕生パーティを開いたことが、そもそもの原因だ。だから、私が、何とかする。君は、何の心配もすることはない。こういったのです。人間というものは弱いものです。いや、私は、卑劣な人間です。つい、友人の井ノ口に向かって、何とかしてくれと、頼んでしまったのです。

そこで、井ノ口は、クラブのママである、早乙女みどりを説得して、亡くなった若いホステスが、急遽、アメリカに行ったことにしたのです。彼女は、元々、勉強好きの、ホステスだったそうですから、ホステスを辞めてアメリカに行き、そこで勉強する。そういうことにしてしまえば、この事件は、明るみに、出ることもなく、何とか、処理できる。だから、俺に任せておけと、井ノ口がいったので、私は、任せてしまいました。あの軽井沢での不幸な事件が、これで何とかなったと、私は安心していたのです。もちろん、早乙女みどりには、井ノ口社長が一千万もの金を渡して、口封じをしていたのです。

ところが、早乙女みどりは、一ヵ月もしないうちに、再び驚くほどの金額を要求し、脅迫してきたのです。別荘で起きたことは黙っている。誰にもいうつもりはない。しかし、その沈黙料として、五億円支払ってほしい。彼女は、私に、そういってきたのです。あとで分かったことなのですが、ママさんには、以前、同棲をした男がいて、その男との間に生まれたひとり娘を溺愛していたのです。その娘のために、できるだけ多くの財産を残してやりたい。そう考えて、私を脅迫したらしいのです。私には、五億円などという大金は、用意できるはずが、ありません。彼女の要求する金を、払うとすれば、結局、井ノ口社長に、出してもらうしかないのですが、井ノ口社長は、こういいました。相手は、水商売の女だ。たとえ、五億円もの大金を払ったとしても、しばらくしたら、また同じような大金を、要求してくることが、考えられる。だから、これから先のことを考えれば、この際思い切って、女の口を封じてしまったほうがいい。井ノ口社長は、そういったのです。またしても私は、その誘惑に、負けてしまったのです。

ただ、いくら女性とはいえ、簡単には、ひとりの人間を殺すことはできません。相手だって、ひょっとすると、私が口封じをするかもしれないと用心しているかもしれませんん。そこで、井ノ口社長が、すべて段取りしてくれる、ということになったのです。俳優の本間敬之助、元ホステスで、その後、銀座のビルのオーナーになった瀬戸晴子や、クラブ『みどり』のマネージャーの大島秀夫たちを、共犯者にして彼女を殺して、その口を封じました。ただ、死体の処置に困って、これも仲間の医者に頼んで、病死の死亡診断書を、書かせ、葬式を済ませて、しまったのです。今になれば恐ろしいことですが、私は、保身のため、あるいは名誉欲のため、二人もの人間を殺し、その事件を、隠してしまったのです。

ところが、殺した銀座のママには、さっきもいったように、ひとりの娘がいました。その娘が真相を知ったのか、あるいは、想像をたくましくしたのかは分かりませんが、ママ殺しの共犯者たちを、次々に殺していったのです。そして彼女から、私に電話がありました。彼女は、恐ろしいことをいいました。この列車に爆弾を仕掛けた。名古屋に着くまでの間に、私が、自分の母親を殺したこと、そして、殺した動機について車内放送を使って、乗客の皆さんに告白しなければ、この『のぞみ233号』を爆破するというのです。爆弾が、本当に仕掛けられていることは、先ほど、10号車のトイレで起きた爆発と、10号車で発見された爆弾で、証明されています。

私は決心しました。私が二人の殺人に関係していること、それを隠そうとしたことを、今、勇気を持って、こうして、皆さんに告白しています。この告白には、ウソはありません。全て真実です。もちろん私は、こうして、自分が、ひとりの女は、事故で、二人目の女は口封じのために、殺したことを認めます。殺人事件を引き起こしたことを、公に告白をした以上、私は、今までのように、厚生労働大臣の職に就いているわけにはいきません。すぐに、辞表を提出し、警察に、出頭するつもりです」

川口大臣の告白が、終わった。

十津川は、川口が手にしていた、携帯電話をとり、耳に当ててみた。かすかに、女のすすり泣く声が、聞こえたような気がした。

その直後、電話は切られた。

川口大臣が、車内放送での異様な告白を終えると、9号車の雰囲気は、がらりと変わっていた。

森田秘書官も、二人のSPも、川口大臣をどう迎えていいのか分からず、当惑して沈黙してしまい、目をそらしている。

川口は、十津川に向かって、

「これから、私はどうしたらいいと思いますか？」

と、聞いた。

十津川が、警視庁捜査一課の刑事で、さっき全てを知っているといったので、それで聞いたのだろう。

十津川は、考えながら、返事をした。

「あなたは今、車内放送で告白したこと、つまり、殺人を犯したことは、全て事実だとおっしゃいましたね？　もし、そうなら、次の名古屋で降りて、SPと一緒に、東京に引き返してください。SPが警視庁までご案内します」

と、十津川は、いい、二人のSPに、川口大臣を、警視庁まで、連行するよう、要請した。

6

一五時四三分、定刻に、「のぞみ233号」は、名古屋に着いた。

十津川は、車内でこんな事件が起きているというのに、定刻通りに名古屋に着いたことが、何か異様な気がしていた。

名古屋で、川口大臣と秘書官、そして、SPの二人が降りた。

十津川は、東京の三上刑事部長に、電話をした。

十津川は、三上刑事部長に、「のぞみ」の車内で、川口大臣が、二人の女性を殺したことを、車内放送を通じて告白したと報告した。

「それで、これから川口大臣を、ＳＰが、警視庁に連れていきます」

と、十津川が、いった。

「君は、同道しないのか？」

「私と亀井刑事は、列車に残って、見届けたいことがあります」

「何を見届けたいんだ？」

「早乙女由紀の犯行の詳細です」

とだけ、十津川は、いった。

十津川たちが乗って来た「のぞみ２３３号」の車両には、早乙女由紀の言葉を信じれば、あと、八個の爆弾が、残っているのである。

早乙女由紀は、目的を達したから、これ以上、爆発はさせないだろうが、危険は、危険である。そこで、乗客を全部おろし、車両を待避線に移し、県警の爆発物処理班に来てもらうことにした。

十津川と亀井は、乗客の消えた車内で、待った。

「蘇我院長は、早乙女由紀が、川口大臣と電話で話しているのを、そばで聞いていたと、西本刑事がいっていましたね」

亀井が、いう。

「そうだよ。それで、自分のやったことを、改めて、後悔したと、いっている」

「その時、早乙女由紀と蘇我院長は、東京の代々木のマンションにいたんですね？」

「カメさんは、東京にいた早乙女由紀が、どうして、列車の爆弾を爆発させられたか不思議だというんだろう？」

「そうです。10号車の座席の下に取りつけられた爆弾には、小さなアンテナがついていましたが、あんなもので、東京の電波を受信できるとは、思えません」

「それは、爆発物処理班が、明らかにしてくれるさ」
五、六分後に、爆発物処理班が到着し、一斉に、全車両の捜査が始まった。
その結果、新たな爆弾は、一つも見つからなかった。

爆発物処理班の手に残ったのは、10号車で発見された、一つだけになった。

「爆発の仕掛けですが、どんなものだったんですか？」

「ごらんになれば、すぐわかりますよ」

加東（かとう）隊長は、木製の箱のフタを、開けて、中を、十津川と亀井に見せてくれた。

プラスチック爆弾と、発火装置、それには電池が使われている。他に、なぜか、携帯電話が、入っていた。

「この携帯電話が、ミソです。電話は、マナーモードになっているんです。外からでも、この携帯にかけると、マナーモードだから、振動するわけです。その振動によって、電流が流れて、ドカーンです」

「携帯なら、東京からでも、かけられますね」

「北海道や、九州からでもね」

と、加東隊長は、微笑し、そのあと、焦げた携帯の部品を、見せてくれた。

「これは、爆発があったという10号車のトイレで、見つかったものです。これを見ると、犯人が、発火装置に、携帯電話を使ったことが、わかりますね。よほど、爆弾作りに精通している人間でなければ、不可能ですよ」

十津川と亀井は、名古屋から、新幹線で、東京に戻ることにした。

座席に落ち着くと、亀井が口を開いた。

「爆弾がなかったというのは、なんとなく、肩透かしを食らったような、気持ちになりますね」

「実は、私は、ある段階で、もしかしたら、早乙女由紀は、新幹線を爆破する気はないんじゃないかと、思いはじめたんだよ」

「なぜですか？」

「早乙女由紀は、新幹線に電話をかけてきて、もし、列車を停めたり、川口大臣が、列車から逃げ出そうとしたら、すぐに、爆弾を破裂させると、いっていた。しかし、蘇我院長が、東京で、早乙女由紀と一緒にいたことが、分かった時、彼女は、あの列車に乗っていなかったことが、明らかになった。そうなると、だれかが、あの新幹線に乗っていて、列車が停まったり、川口大臣が逃げ出したりしたら、すぐに、その人間が、由紀に知らせなければならないということだ」

「しかし、共犯者は、乗っていなかったのでしょう？　もし、乗っていたなら、由紀が新幹線を爆破したら、川口大臣や、ほかの乗客と一緒に、命を落とすことになりますよ」

「そうなんだ。だから、由紀の話の中に、矛盾があることになる。もし、本気で新幹線を爆破するつもりなら、共犯者が乗っているというようなことを、ほのめかすはずはないんだ。共犯者が、その新幹線に乗っていると、われわれに思わせた時、彼女には、本当に列車を爆破するつもりはないことが、わかったんだよ」

「それでは、なぜ、そのことを、もっと前に、おっしゃらなかったのですか？」

と、亀井が、聞いた。

十津川が、笑いながら、答えた。

「もし、それをいったら、川口大臣は、自分の犯行を、告白したと思うかね？」

7

川口大臣が、警視庁に、出頭したことは、すぐにニュースになった。

同時に、弁護士も、警視庁にやって来た。弁護士が、三上刑事部長に向かって、こういった。

「川口大臣が『のぞみ』の車内で、二人の女性を殺したことを、車内放送で告白しました。しかし、それは、脅迫されての、告白なんですよ。誰だって、告白しなければ列車を爆破する、そうなれば、何百人もの乗客が死ぬことになると脅かされれば、やっていないことだって、自分がやったと、告白してしまうでしょう。それが、今回の場合に、そのまま、あてはまるんじゃありませんか？　従って川口大臣の告白は、何の意味も持ちませんよ。法律的には、あの告白には、何の価値もありません。ですから、川口大臣を釈放していただきたいのです。私は、今すぐ、大臣を連れて帰ります」

弁護士が、息巻いた。

三上が、苦笑する。

「たしかに、脅迫によっての告白は、法律的には意味がないかもしれませんが、共犯者のひとりが、すでに、自供してしまっているんですよ」

「それは誰ですか？」

「蘇我病院の、蘇我院長です。ですから、今釈放したとしても、すぐにまた、逮捕しますからね。それより、本人の気持ちを、聞いたらどうですか？」

「もちろん、聞きますよ。川口大臣にも、脅迫による告白は、何の意味もないことを話します」

弁護士は、そういって、川口大臣と会ったものの、その後、急に元気がなくなってしまった。

「川口大臣も、急に生きる意欲というか、働く意思が消えてしまったらしい。あの告白には、ウソがないといい出すんですよ。これ以上、自分を騙すのには疲れた。そういうので、弁護士の私としても、どうしようもありません」

そういって、弁護士は、ひとりで、帰っていった。

8

翌日の新聞各社の一面には、川口大臣による殺人の告白と、逮捕の様子が、大きく報道された。

また、下り「のぞみ233号」の車内での、車内放送を使った、川口大臣の告白を、そのまま録音した乗客がいて、その乗客は、音声データをマスコミに、提供した。

その音声データの内容が、週刊誌に大きく掲載された。

蘇我病院の蘇我院長は、偽りの死亡診断書を書いたことを告白して、医師法違反で逮捕された。

そして、逃亡していた大島秀夫も、逮捕された。

大島は、早乙女みどりが殺された当日、ハンドバッグに入っていた、一千万円を盗んだことも、自供した。

また、軽井沢の別荘で、伊藤詩織の遺体の遺棄に協力した、井ノ口社長の秘書の川田も、警察に出頭してきた。川田の供述により、群馬県の赤城（あかぎ）山中から、伊藤詩織の遺体が、発見された。すでに、遺体は白骨化していたが、検死の結果、後頭部打撲による脳挫傷が死因であると、判明した。川口大臣の、「突き飛ばしたら、後頭部を打ち付けて、死んでしまった」という告白が、正しいのかどうか、それが殺人か過失致死になるのかは、今後の捜査結果で、明らかになるだろう。

こうした報道があった後、十津川は、目的を果たした早乙女由紀が、警察に出頭してくるものと、期待した。

しかし、その後、二日、三日と経っても、彼女は、警察には、出頭してこなかった。

「少しばかり、ガッカリしたね」

十津川は、亀井に、いった。

「警部は、彼女が自首してくるものと思われていたのですか？」

「ああ、絶対にしてくるだろう、そう思っていたよ。カメさんは、どう思っていたんだ？」

「私は、それほど、楽観はしていませんでした」

「どうしてだ？」

「テレビ局のホームページに、妙なメッセージが届いたじゃありませんか？　『警告。のぞみ２３３号　新大阪行』という、あのメッセージですよ。あれは明らかに、マスコミを利用して、母親の仇を討つ。そのつもりで、テレビ局に送ってきた、メッセージだと、私は思っているのです。あれを見れば、当然、テレビ局の取材班が、『のぞみ』に、乗る。そこで、あの爆破騒ぎですよ。マスコミが乗っている限り、川口大臣は、ウソはつけなくなってしまいます。彼女はおそらく、それを狙っていたのではありませんか？　結果的に、私たちは、犯人に加勢して、川口大臣を脅かしたように、なっていますからね。それが、早乙女由紀の、狙いだったんじゃないかと、思うのです。もし、そうだとしたら、彼女は、絶対に、出頭なんかしてきませんよ。外国に逃亡するつもりだと思いますよ」

十津川と亀井の考え方は、正反対だった。そして、警察全体の考えも、二つに分かれていた。

事件はすでに解決したのだから、早乙女由紀は、警察に出頭してくるだろうという意見があり、逆に、それだからこそ、海外への逃亡を、図るのではないかという意見の刑事たちもいた。

十津川は別に、自分の意見を、変える気はなかったが、海外への逃亡を図ろうとする恐れもあるので、国際空港と、横浜、神戸などの外国航路がある国際港には、早乙女由紀の似顔絵を送り、現れたら、ただちに逮捕して、警視庁に、連行してくるようにと依頼した。

その一週間後、事態が急展開した。

早乙女由紀が、室蘭市の母恋町に現れ、正眼寺の墓に、母親の遺骨を納め、花を捧げた後、内浦湾に身を投げて、自殺してしまったのである。

正眼寺の玄関に、小包が置かれており、中には、現金と、住職宛の手紙が入っていた。

手紙には、

「かねてお願いしていたように、早乙女家の墓を、広い墓地に移し替え、墓石も新しくしてください。土地代と墓石代、それに永代供養料として、八百万円を、お渡ししま す」

と書かれていた。

また、身を投じた岸壁には、警察宛に、短い遺書が、置いてあった。そこには、

「殺された母の復讐のため、殺人を犯しました。しかし、母もまた、私のために罪を犯していたことを知り、絶望しました。贖罪のために、母の後を追います。全ての事件は、私がひとりでやったことです」

という内容が、書かれていた。

「やはり、警部の思った通りの展開になりましたね」

亀井が、小さく溜息(ためいき)をついた。

「そうかな」

「そうですよ。彼女が、逃亡を図らずに、自ら命を絶つというのは、警視庁に出頭してきたのと同じことですよ」

「いや、カメさんのいうとおりになったんだよ」

「そうでしょうか？」

「これで、もう永久に、彼女は捕まらなくなったからね」

「そういえば、そうですね」

「しかし、早乙女みどりという女、室蘭本線に、どこか似ているな」

「なぜですか？」

「室蘭本線は、利用されるだけ利用されて、最後は見捨てられてしまう、気の毒な路線なんだよ。早乙女みどりの運命に、ちょっと似ていると思わないか？」

と、十津川は、いった。

早乙女由紀の死で、わからなくなったことが、他にもあった。

彼女の共犯者のことだった。遺書には、全て自分ひとりでやったと、書いてあったが、共犯者に捜査が及ばないように、という彼女の思いがあったのかもしれない。

今回の犯行で使われた携帯電話は、全て盗難品だったから、なおさら、共犯者の追及は、難しいだろう。

早乙女由紀に、将来を約束した恋人が、いたとすれば、その男が、復讐に協力し、爆弾を仕掛けたのだろう。この男を特定し、逮捕することは、早乙女由紀が死んだ今となっては、難しいと、十津川は、思った。

ただ、十津川は、愛する早乙女由紀が、自殺してしまったと知れば、いつか、共犯者は、早乙女由紀の後を追うか、あるいは、自ら名乗り出てくるような気がしていた。

解説

山前 譲

人気観光地の多い北海道を旅行した人は、数多くいるに違いない。その時、「豊」や「富」のついた地名の多いことに気付いた人も、たくさんいたのではないだろうか。道都である札幌市には豊平(とよひら)区があるが、大字(おおあざ)や字といったこまかな住居表示を含めれば、かなりの数になるはずだ。

厳しい気候と草木生い茂る原野にかつて開拓者として移り住んだ人たちが、豊かな実りとそこから生まれる富を期待して名付けた——そう勝手に思い込んでいるのだが、さてどうだろうか。稚内(わっかない)にほど近い日本最北端の温泉郷と言われている豊富(とよとみ)温泉は、皮膚病に効果があると言われて全国から湯治客が訪れているそうだが、そのネーミングだけで湯につかってみたくなるに違いない。

それではやはり北海道にある「母恋(ぼこい)」という地名からは、何をイメージするだろうか。「ははこいし」と読んで、開拓者が遠く離れた故郷に住む母への思いを託したと思いたいところだが、語源はアイヌ語の「ポクオイ」だという。ホッキ貝の多いところという意味で、それに漢字を当てはめたのだ。

北海道の地名に、先住民族であるアイヌの人たちがつけたものがもとになっているものが多いのは、今更言うまでもないだろう。しかし、「母」と「恋」を当てはめたことには、やはりなにかしらの思いを感じないだろうか。

その母恋は室蘭（むろらん）市にあり、室蘭駅のひとつ手前に母恋駅がある。この長編ミステリー『母の国から来た殺人者』で十津川警部と亀井刑事がそこを訪れたのは、もちろん東京で起こった事件の捜査のためである。

六本木のカラオケクラブでR製薬の社長の井ノ口博也がシャンパンを飲んで死んでしまう。青酸中毒死だった。捜査に携わった十津川らは、その現場から「みどり」と名乗っていた若い女性が消えてしまったことを知る。そして彼女は、「母を恋うる唄」という歌を歌った時、なぜか歌詞にある「母恋し」を「ははこいし」ではなく「ぼこいし」と間違えたというのだ。

そのクラブで被害者とカラオケに興じていたメンバーそれぞれにも動機らしきものはあったが、一番疑わしいのはやはり現場から消えてしまった「みどり」である。しかし彼女の身元がなかなかつかめない。

そんな捜査が停滞していた時、亀井が十津川に言うのだった。「北海道に行ってみませんか?」と――。母恋と書いて「ぼこい」と読む駅が、北海道の室蘭本線にあることに亀井が気付いたのだ。

さすがに息子の健一少年が鉄道好きなだけのことはある。そして母の日になると、その駅名に惹(ひ)かれて観光客がドッと母恋駅を訪れるらしい。問題のみどりは事件当日、白いカネーションを胸に挿していた。カーネーションといえばやはり母の日を思い浮かべるのだが……。

十津川と亀井はまず羽田空港から函館(はこだて)空港へと飛んだ。函館からは「特急北斗(ほくと)」に乗り、東室蘭駅で室蘭方面に乗り換える。室蘭本線は長万部(おしゃまんべ)駅と岩見沢(いわみざわ)駅を結ぶ北海道の大動脈だが、その成り立ちは少々複雑である。

北海道炭礦(たんこう)鉄道室蘭線として岩見沢－室蘭間が開通したのは一八九二年、明治二十五年のことである。その路線名の通り、当時北海道の一大産業であった石炭輸送が大きな目的だった。この路線は一九〇六年に国有化され、一九〇九年に室蘭本線となった。

一方で長万部から長輪(おさわ)線と称して東へと鉄路が延ばされる。これが室蘭本線に編入されたのが一九三一年だ。これによって長万部駅と岩見沢駅が直結して便利になったのだが、東輪西(ひがしわにし)駅（現在の東室蘭駅）と室蘭駅の間は支線となってしまう。急行などの優等列車は支線に入らない。結果として、北海道内で有数の大都市なのに、鉄路的には不便になってしまった室蘭なのだ。

その支線に母恋駅がある。昔ながらの木造のとりたてて特徴もない小さな駅だったが、十津川と亀井が訪れてみると、すごい人だかりだった。その駅名にちなんだ母の日の企画として、特別な切符が発売されているからである。一九八一年からイベント用に入場券が発売され、のちには母恋駅発あるいは母恋駅行きの切符も発売されるようになった。両方ともなかなか可愛いデザインである。

北海道の駅で人気を呼んだ切符といえば広尾線の幸福駅を思い出す。テレビで取り上げられて、愛国駅から幸福駅行きの切符が大きな話題となったのは一九七三年のことだった。残念ながら一九八七年二月に広尾線が廃線となり幸福駅は廃止となったが、それでも訪れる人は絶えなかった。今はレプリカの駅舎が建てられているようだ。

母恋駅の十津川と亀井に視線を戻すと、あまりの混雑ぶりに、ふたりは駅弁を買い、駅舎の外で食べてひと息つくのだった。この作では母恋弁当となっているが、実際には母恋めしの名で販売されている。大きなホッキ貝の貝殻のなかに収められた、ホッキ貝の炊き込みご飯のおにぎり――なんともユニークで食欲をそそられる駅弁である。発売開始は二〇〇二年とそれほど歴史があるわけではないが、海外からも買い求めにくる人がいるほどの人気ぶりだという。

十津川と亀井もその駅弁をゆっくり味わっている――と言いたいところだが、ふたりの頭には捜査のことしかない。母恋で、そして室蘭でと、「みどり」の似顔絵を手にしてふたりは精力的に聞き込みをしている。そしていくつかの重要な手掛かりも得たのだが、彼女の実像はなかなか見えない。

そこに第二の事件が起こる。テレビの旅番組の収録で函館を訪れていた俳優の遺体が、函館山の展望台で発見されたのだ。刺殺だった。そしてさらに事件がつづく。はたして「みどり」が関係する連続殺人なのか？　十津川警部らの捜査は混迷を極めるのだった。

本書『母の国から来た殺人者』は二〇一〇年五月、有楽出版社から書下ろし刊行された。日本推理作家協会賞を受賞した『終着駅殺人事件』が刊行されたのが一九八〇年だったから、その記念すべき作品からちょうど三十年後という節目の年にこの長編が刊行されたのである。

その間、トラベルミステリーの牽引車として、西村京太郎氏が疾走しつづけたのは言うまでもない。作品の舞台は日本各地に、さらには海外へと展開され、東京を管轄する警視庁の警部でありながら、十津川はまさに東奔西走の日々だった。そのトラベルミステリーとしての魅力はここでも堪能できるに違いない。

事件の関係者は東京に集中しているが、北海道の室蘭や函館、長野県の茅野や軽井沢、山形県の天童と、捜査に関係する土地はヴァラエティに富んでいる。かつて訪れたことのあるところや、これから行ってみたいところが舞台となっていると、ミステリーとしての興味にプラスして読書の楽しみをそそっていくだろう。

そして終盤の圧倒的なサスペンスはまさに西村作品ならではである。大臣が乗る東海道新幹線の下り「のぞみ」で何か事件が起こる!?　西村作品より以前、鉄道に絡んだミステリーというとアリバイ物に偏っていた。なにせ時計よりも正確だと言われたこともある日本の鉄路だ。そしてもちろん、線路が敷設されていないところを勝手に走るわけにはいかない。時刻と場所の特定が基本であるアリバイ工作に、こんな便利なアイテムはなかったのだ。

そこに新しい流れをもたらしたのが西村作品だった。列車は走る密室なのである。殺人現場としての特殊性が生かされる一方で、爆弾が仕掛けられたり犯人が潜んだりと、さまざまなパターンのミステリーが展開された。また、駅などの鉄道施設にも目が向けられていく。身近な存在でありながら、ミステリーの舞台としての可能性を広げていったのが西村作品だった。

その西村作品の魅力をたっぷり味わえるのがこの『母の国から来た殺人者』である。疾走する「のぞみ」で十津川らははたしてどう事件に決着をつけるのか。タイトルに込められた切ない真相と結末もまた、西村作品の大きな魅力と言えるだろう。

（やままえ・ゆずる　推理小説研究家）

本書は、二〇一一年十月、実業之日本社文庫として刊行されました。
単行本　二〇一〇年五月、ジョイ・ノベルス

＊この作品はフィクションであり、実在の個人・団体・事件などとは、
一切関係ありません。

西村京太郎の本

十津川警部　九州観光列車の罠

十津川警部の相棒である亀井刑事に総理大臣夫人殺害容疑が！　その上、息子まで誘拐される。亀井に突如として訪れた窮地に、十津川警部は奔走するが……。傑作旅情ミステリー。

集英社文庫

西村京太郎の本

十津川警部
坂本龍馬と十津川郷士中井庄五郎

梶本文也は、十津川郷士・中井庄五郎についての日記を残して殺害された。坂本龍馬を警固した中井の存在が、現代の殺意を煽ったのか!?十津川警部が幕末の謎に挑む旅情ミステリー。

集英社文庫

西村京太郎の本

会津 友の墓標

会津若松へ向かった大学の仲間が、東京・荒川で死体に！ 最後の手紙を受け取った十津川警部は……。友のため、歴史と怨念の絡み合った難事件に挑む、長編トラベルミステリー！

集英社文庫

西村京太郎の本

十津川警部　鳴門の愛と死

女優刺殺事件の犯人は夫だと告発する本が十津川警部に届く。だが夫には鳴門渦潮撮影のアリバイが。難航を極める再捜査の行方は？　東京と四国を結ぶ長編トラベルミステリー。

集英社文庫

集英社文庫

母(はは)の国(くに)から来(き)た殺人者(さつじんしゃ)

2023年4月25日　第1刷　　定価はカバーに表示してあります。

著　者　西村京太郎(にしむらきょうたろう)
発行者　樋口尚也
発行所　株式会社 集英社
東京都千代田区一ツ橋2-5-10　〒101-8050
電話【編集部】03-3230-6095
【読者係】03-3230-6080
【販売部】03-3230-6393(書店専用)
印　刷　大日本印刷株式会社
製　本　ナショナル製本協同組合

フォーマットデザイン　アリヤマデザインストア　　マークデザイン　居山浩二

ISBN978-4-08-744512-1 C0193